BASTEI
LÜBBE

DEAN R. KOONTZ

NACHT DER ZAUBERTIERE

Aus dem Amerikanischen
von Sybil Gräfin Schönfeldt

BASTEI
LÜBBE

BASTEI-LÜBBE-TASCHENBUCH
Band 11898

Titel der Originalausgabe: ODDKINS

Lizenzausgabe: Gustav Lübbe Verlag GmbH,
Bergisch Gladbach
Printed November 1992
Einbandgestaltung und Titelzeichnung: Gisela Kullowatz
Satz: hanseatenSatz-bremen, Bremen
ISBN 3-404-11898-7

Für Gerda, die jeden Tag meines Lebens zu einem Tag kindlicher Wunder macht

Ein dunkler Tag

Amos, der Bär, stand auf der Bank des Spielzeugmachers und betrachtete durch das Kellerfenster die purpurschwarzen Sturmwolken, die von Osten heraufzogen. Tiefe Trauer erfüllte ihn, aber auch Angst.

Dies ist ein dunkler Tag, dachte er, und ein Schaudern lief ihm über den Rücken.

Kahl standen die Novemberbäume da und reckten die schwarzen, dürren Äste wie Geisterarme in den Himmel. Das rote Licht des Sonnenuntergangs verblaßte rasch. Bald würde mit der Nacht die Finsternis kommen. Der drohende Sturm würde den Mond und die Sterne auslöschen.

Amos kam es so vor, als ob nie wieder ein heller Morgen heraufziehen könnte, als ob die Welt für immer und ewig in tiefe Trübsal versänke.

Der Tag war nicht nur des Wetters wegen finster, sondern weil der alte Isaak Liebmann, der Spielzeugmacher, gestorben war. Für seine Schöpfungen, die mit Zauber erfüllten Spielzeugtiere, die er seine Zaubertiere genannt hatte, war er Vater Isaak, und sein Tod hatte sie niedergeschlagen und furchtsam gemacht.

Der alte Mann hatte seit Wochen gewußt, daß er sterben mußte. Das Ende war jedoch rascher gekommen, als er erwartet hatte. Er fühlte sich an diesem Morgen müde und hatte beschlossen, sich auf das Sofa in einer Ecke der Werkstatt zu legen, um sich eine halbe Stunde vor dem Mittagessen auszuruhen. So war er friedlich im Schlaf hinübergegangen.

Sein Partner Samuel, dem ein Spielzeugladen gehörte und der die Schöpfungen des alten Isaak verkaufte, war vorbeigekommen, um neue Ware abzuholen, und hatte dabei entdeckt, daß der Schlaf des alten Mannes tiefer war, als er hätte sein sollen. Während all die ausgestopften Spielzeugtiere auf den Regalen und auf den Werkstattbänken saßen und so taten, als ob sie nicht lebendig wären, rief Samuel den Arzt an. Dieser kam sofort mit seiner großen Ledertasche herbeigeeilt, die voller Arzneien und medizinischen Instrumenten war. Der Anblick des Arztes hatte die Zaubertiere wieder hoffen lassen, aber es verging nur kurze Zeit, dann wurde der Leichnam des alten Isaak hinausgetragen.

Jetzt waren die Spielzeugtiere in dem weiträumigen alten Haus allein, das für Herrn Liebmann Werkstatt und Wohnung in einem gewesen war. Und es war immer noch das Heim der Zaubertiere, wie die kleine Firma des geliebten und verehrten alten Mannes hieß. Die Luft war so schwer von Trauer, daß sie Amos niederdrückte und seine Schultern nach vorn sacken ließ.

Er hätte gern geweint, wenn er es vermocht hätte. Herr Liebmann hatte den Spielzeugtieren, die er herstellte, mit großer Kunst und Zauberkraft Leben verliehen, aber Amos war trotzdem nur ein Teddybär. Er konnte keine Tränen hervorbringen, sosehr er sich danach sehnte.

Hinter Amos schluchzten die anderen Tiere. Sie konnten auch nicht weinen, aber sie konnten jammervolle Klagelaute ausstoßen.

Amos jedoch gestattete sich nicht einmal einen Seufzer. Er mußte stark bleiben, denn Vater Isaak hatte ihn dazu bestimmt, die anderen durch die kommende schreckliche Zeit zu führen.

Vorige Woche hatte der alte Isaak Amos mit in das Arbeitszimmer mit den vielen Büchern genommen, das vorne im Haus lag und in dem sie sich ungestört unterhalten konnten. Der Spielzeugmacher hatte sich hinter seinem reichgeschnitzten Schreibtisch niedergelassen, während Amos auf dem Tisch saß, im roten und gelben und blauen und grünen Licht einer Lampe mit einem Schirm aus verschiedenfarbigen bleigefaßten Glasstücken. Der alte Mann hatte von Amos' Bestimmung gesprochen und ihm gewisse Geheimnisse enthüllt . . .

Vater Isaak lehnte sich in seinen großen Sessel zurück und faltete die alten, aber immer noch kräftigen Hände auf seinem runden Bauch. Er betrachtete Amos über den Rand seiner Brille hinweg und sagte: »Du kennst ja den Grund, weswegen ich dich, warum ich euch alle geschaffen habe.«

Amos richtete sich stolz und kerzengerade auf.

»O ja. Eines Tages werde ich in einem Laden ausgestellt. Ich werde gekauft, als Geschenk für ein ganz besonderes Kind, das dringend einen guten Freund braucht, einen heimlichen Freund.«

»Das ist richtig.« Herr Liebmann lächelte und nickte zustimmend. »Es wird ein kleiner Junge oder ein kleines Mädchen sein, ein Kind, das später, wenn es erwachsen ist, etwas Wichtiges für die Welt leisten wird. Ein besonderes Kind, wie du ja schon gesagt hast. Ein Kind, auf das schwere Prüfungen warten und großes Leid. Vielleicht sogar ein Kind, das von seinen Eltern mißhandelt wird –«

»Vielleicht auch eines, das schwer krank wird und großen Mut braucht, um nicht zu verzweifeln«, sagte Amos ernst, »oder ein Kind, dessen Vater oder Mutter stirbt. Oder das einen Bruder oder eine Schwester verliert.«

»Ja. Aber was das Kind auch zu ertragen hat, du wirst ihm beistehen und wirst ihm Trost, Rat und Liebe geben. Du mußt dem Kind helfen, Liebe und Zuversicht zu entwickeln, gleichgültig, welche Grausamkeiten ihm die Welt antut. Denn was dieses Kind später auch werden mag, wenn es unter dem Leid zerbricht, wird es ihm niemals gelingen, etwas mehr Glück in die Welt zu tragen.«

Amos, der mit ausgestreckten Plüschbeinen im bunten Licht der Lampe dasaß, lehnte sich zurück, stützte sich mit den Vorderpfoten ab und seufzte tief. »Das ist eine schwere Verantwortung.«

»Ja«, stimmte ihm Vater Isaak zu, »und du darfst niemals vergessen, daß ihr im geheimen wirken müßt. Nur in der Verborgenheit der Kinderzimmer dürft ihr lebendig sein, aber für den Rest der Welt müßt ihr Spielzeugtiere bleiben.«

»Das kann ich gut«, antwortete Amos befriedigt. Er wurde am ganzen Leib steif, und seine Augen funkelten plötzlich so blank wie bemalte Knöpfe.

»Sehr gut«, sagte der alte Isaak, »ausgezeichnet.«

Amos grinste.

»Wenn du ein anderes Kind oder einen Erwachsenen deinen Zauber merken läßt, kannst du dem dir anvertrauten Kind nicht mehr so gut helfen.«

»Ja«, sagte Amos, »das verstehe ich.«

Amos hatte auch begriffen, daß das Zauberleben in ihm verlöschen würde, wenn das Kind keinen geheimen Freund mehr brauchte. Er wäre dann nur noch ein Teddybär, so wie jeder andere. Im Laufe der Zeit würde das Kind sogar vergessen, daß Amos einmal lebendig gewesen war. Ihre heimlichen Gespräche und Abenteuer kämen ihm dann wie ein Traum vor, wie Kinderspiele aus längst vergangenen Tagen, in denen es noch nicht an der geheimnisvollen Welt der Erwachsenen teilhatte.

Mit dem Verlust seines Lebendigseins konnte sich Amos nicht so leicht abfinden. Er begriff jedoch, daß nur Kinder für echten Zauber empfänglich sind, die meisten Erwachsenen würde es nur verwirren und entsetzen. Es gab also viele Menschen, denen ein Zaubertier in ihrer Jugend geholfen hatte, aber es gab keinen, der sich später noch daran hätte erinnern können.

Amos stand auf und tappte um die Lampe mit dem bunten Glasschirm herum, wobei er vorsichtig über die Schnur stieg. Dann betrachtete er die eichene Tischplatte mit gerunzelter Stirn.

»Über etwas habe ich mir immer den Kopf zerbrochen«, sagte er mit einer rauhen Stimme, die für seinen kleinen Körper eigentlich viel zu tief klang, aber merkwürdigerweise doch gut zu ihm paßte. »Was geschieht mit mir, wenn mich das Leben verläßt, Vater Isaak? Habe ich eine Seele? Was geschieht mit ihr und mit mir? Ist das eins von den Geheimnissen, über die du heute mit mir sprechen willst?«

Der alte Isaak schüttelte den Kopf. Seine feinen weißen Haare schimmerten wie Schnee im Mondlicht. »Nein, darauf kann ich dir nicht antworten, lieber Amos. Was nach dem Leben kommt, muß dir verborgen bleiben, dir und allen anderen Sterblichen, mir auch.«

Da hatte Amos gewußt, daß Vater Isaak sterben mußte. Der alte Spielzeugmacher hatte seine Krankheit nie vor seinen Geschöpfen verborgen. Er hatte sie ganz im Gegenteil dazu aufgefordert, sich an den Gedanken seines Todes zu gewöhnen. Innerhalb weniger Wochen mußte ein neuer zauberkräftiger Spielzeugmacher gewählt werden. Und wenn Isaak Liebmann starb, mußten die Zaubertiere, die noch in der Werkstatt waren, dem Nachfolger helfen, sich in seine ungewöhnliche Arbeit hineinzufinden.

Als Vater Isaak seinen Zaubertieren vor ein paar Tagen gesagt hatte, daß er, ihr Schöpfer, bald diese Welt mit einer anderen vertauschen würde, hatten sie so getan, als ob sie stark genug wären, als ob sie seinen nahenden Tod mit Trauer und Bedauern, aber doch mit Gefaßtheit ertragen würden.

In Wirklichkeit waren sie krank vor Kummer und hatten schreckliche Angst.

»Der Tod«, hatte Vater Isaak zu ihnen gesagt, »ist nicht das Ende. Es ist der Beginn von etwas Neuem. Habt also keine Angst um mich.«

»Aber wir werden dich vermissen«, hatte ihm Karamel, das Hundemädchen, geantwortet, das seinen Jammer nicht verbergen konnte.

»Du wirst mir auch fehlen«, antwortete er, »und ich werde dich nie vergessen. In der Erinnerung werden wir immer zusammen sein.«

»Erinnerung?« hatte Hupf, das Karnickel, gefragt, heftig wie immer. Es hatte den Kopf zur Seite seines umgeknickten Löffels geneigt, als ob ihn dessen Gewicht herabzöge – das andere Ohr stand senkrecht nach oben –, und hatte dem Spielzeugmacher zugezwinkert. »Erinnerung ist nicht genug. Erinnerung verblaßt –«

»Meine aber nicht«, sagte Einstein, der Elefant, mit aller Entschiedenheit.

»Also gut, Herr Schlauchnase, dann nur die von allen anderen.«

»Ein Jammer, daß nicht alle Elefanten sind«, antwortete Einstein.

»Um Himmels willen!« rief Hupf. »Wenn es nur Elefanten auf der Welt gäbe, dann hätten sie schon alles Grünzeug mit Stumpf und Stiel aufgefressen und wären schon längst ausgestorben. Elefanten sind wandernde Freßsäcke. Und kannst du dir das Getöse vorstellen, wenn Elefanten lostrompeten und mit ihren Tausenden von schweren Füßen auf die Erde stampfen?« Ehe Einstein eine Antwort geben konnte, hatte sich Hupf schon wieder dem alten Isaak zugewandt und gesagt: »Nein, Vater Isaak, die Erinnerung an dich reicht ganz und gar nicht aus.«

»Ich fürchte aber, das muß euch reichen«, hatte Herr Liebmann ruhig, aber entschieden erwidert.

Und jetzt, in seinem Arbeitszimmer, war er mit Amos genauso ruhig und entschieden. »Mach dir Gedanken über dieses Leben, Amos. Gib dir Mühe, auf dieser Welt richtig zu handeln. Um die andere Welt brauchst du dir keine Sorgen zu machen, mag sie sein, wie sie will.«

Obgleich er nur ein ausgestopfter Spielzeugbär war, besaß Amos einen festen und zuverlässigen Bärencharakter. Es dauerte lange, bevor er sich aufregte, er war geduldig, und er neigte dazu, erst zur Tat zu schreiten, wenn er über alle Möglichkeiten gründlich nachgedacht hatte. Deshalb starrte er Vater Isaak auch jetzt eine Zeitlang an, nickte dann bedächtig, ließ sich auf dem Löschblatt nieder und sagte: »Jawollja«, was bedeuten sollte: Ja, damit bin ich einverstanden.

Isaak Liebmann lehnte sich in seinem Sessel vor, dicht an die Lampe, und sagte: »Aber ich will dir verraten, was das Zeichen auf deinem Pullover für eine Bedeutung hat.«

Amos riß die Augen auf. »Das willst du wirklich?« Seitdem er vor ein paar Monaten auf dem Arbeitstisch des alten Mannes zum Leben erwacht war, hatte sich Amos über das geheimnisvolle Zeichen auf seinem blauen Pullover den Kopf zerbrochen.

»Alpha und Omega«, sagte Vater Isaak.

»Wie?«

»Das bedeutet: der Erste und der Letzte.«

»Was für ein Erster und Letzter?«

Vater Isaak beugte sich noch weiter vor, bis sein freundliches Gesicht wie ein Vollmond dicht über Amos schwebte. »Wenn ich gestorben bin, dann kann eine Zeit kommen, in der der neue Spielzeugmacher seine Aufgabe noch nicht ganz erfüllen kann. Es dauert immer eine Weile, bis man den Zaubermantel wirklich übernimmt und bis man ihn erträglich findet. In dieser Zeitspanne also, in der der neue Spielzeugmacher seine Kraft noch nicht beherrscht, kann es – kann es Unannehmlichkeiten geben, Gefahr ...«

»Was für Unannehmlichkeiten, was für Gefahren?« fragte Amos, dessen freundliches Zottelgesicht lauter Sorgenfalten schlug.

Isaak Liebmann zögerte, dann stieß er einen Seufzer aus. »Das wirst du schon merken, wenn es soweit ist. Und dann wirst du der Erste der Zaubertiere sein, ihr Führer in allen Stunden der Gefahr.«

»Ich? Ihr Führer? Hmmm. Ich weiß aber nicht –«

»Ja, du wirst sie führen können, Amos. Ich habe dich als ihren Anführer geschaffen.«

Stolz stieg in Amos auf, und er setzte sich wieder kerzengerade hin und blähte die Brust. Er dachte über das nach, was Vater Isaak gesagt hatte, und dann nickte er. »Gut. Ich werde sie führen. Du kannst dich auf mich verlassen.«

»Du wirst der erste sein, den das Unheil trifft.«

»Ja, Vater Isaak, so wird das sein«, antwortete Amos, obgleich er keine Ahnung hatte, was für ein Unheil ihn treffen könnte.

»Und du wirst der letzte sein, der ihm den Rükken kehrt.« Amos stand auf, riß die Schultern zurück und nickte.

Das dünne stählerne Brillengestell des alten Spielzeugmachers schimmerte im Licht der Lampe mit dem bunten Glasschirm sonnengelb. Auf einem Glas spiegelten sich blaue, grüne und rote Flecken. Vater Isaak war bedrückt und gar nicht so wie sonst. »In schweren Zeiten wirst du der erste sein, der seine Freunde ermuntert, und der letzte, der sich unterkriegen läßt. Du wirst als erster Mut fassen und dich als letzter fürchten.«

»Ich?« fragte Amos und blinzelte. »Mich fürchten? Doch nicht ich. Ich fürchte mich vor gar nichts. Nein, ich nicht!«

»Es gibt aber Dinge auf dieser Welt, vor denen man sich fürchten sollte, Amos.«

»Wirklich?« fragte Amos beunruhigt.

»Und wenn dir diese Dinge begegnen, dann wirst du die kalte Hand der Angst verspüren.«

»Werde ich das?«

»Du mußt jedoch der letzte sein, der dieser Angst nachgibt und ihr erliegt.«

»Das verspreche ich«, sagte Amos.

Das war kaum eine Woche her. Und nun stand Amos auf der vom Alter verwitterten Werkbank, starrte hinaus in den kommenden Sturm und das sinkende Zwielicht und spürte, wie nicht nur die Trauer von ihm Besitz ergriff, sondern auch diese kalte Angst. Vater Isaak Liebmann war tot. Der alte Mann hatte damit gerechnet, daß ihm noch ein paar Wochen blieben, aber nun war er gestorben, und Dinge, die vor seinem Tode hätten erledigt werden sollen, zum Beispiel die Wahl eines neuen Spielzeugzauberers, waren nicht erledigt worden.

Blitze zuckten um die Ränder der Wolken. Der von der untergehenden Sonne purpurrote Himmel würde bald stockfinster sein.

Amos drehte dem Fenster mit den Butzenscheiben den Rücken zu und blickte in der großen Werkstatt umher. Trotz seiner Größe wirkte der Laden meist warm und gemütlich. Die Wände hatten die Farbe von altem Elfenbein, der Fußboden und die Deckenbalken bestanden aus silbern verwitterter Eiche. Die vielen Ausstellungs- und Werkzeugschränke waren ebenfalls aus Eiche, und Herr Liebmann hatte sie mit Schnitzereien von Weinranken und Vögeln geschmückt. Heute hatte sich jedoch im ganzen Raum ein kaltes Frösteln ausgebreitet.

Als sich Amos vom Fenster abwandte und sie anblickte, wurden die anderen Zaubertiere still. Einundfünfzig waren in der Werkstatt versammelt, die letzten, die vor Isaak Liebmanns Tod noch nicht an Spielzeugläden verschickt worden waren. Es gab Teddybären, allerdings keinen wie Amos, weil kein Zaubertier dem anderen glich. Dazwischen saßen Hunde: ein Dalmatiner, ein Spaniel, ein Golden Retriever, ein Scotchterrier und andere. Zwei Pinguine aus Plüsch. Ein Löwe mit einer Mähne aus gelbem Garn. Eine Ente. Drei Katzen. Und noch viele andere.

Sie standen in Grüppchen unter Amos auf dem Fußboden. Oder hatten sich einzeln in die Ecken verdrückt. Einige kauerten auf den Werkzeugschränken und schauten zu Amos hinunter, während andere stumm und starr auf dem Sofa saßen, auf dem Vater Isaak erst vor ein paar Stunden mitten im Schlaf gestorben war. »Ihr seid meine Kinder und meine Lieblinge«, hatte Vater Isaak Amos erklärt, »ihr seid meine einzigen Kinder, und natürlich seid ihr etwas Besonderes, vielleicht auch etwas sonderbar, wer weiß? Aber ihr seid meine Kinder. Ihr seid mir alle lieb und teuer.«

Amos unterdrückte einen Jammerlaut und sprang von der Werkbank auf den Hocker, auf dem Vater Isaak immer gesessen hatte, wenn er seine Zaubertiere nähte und stopfte. Von diesem etwas niedrigeren Standort aus verkündete er den versammelten Stofftieren: »Wir haben eine schwierige und gefährliche Aufgabe zu erfüllen, und wir müssen heute nacht noch damit beginnen.«

Zwei Stockwerke tiefer, in dem geheimen Gewölbe, das unter dem Keller der Spielzeugfabrik lag, war alles still, finster und modrig, wie seit vielen, vielen Jahrzehnten. Da flackerte ein Licht auf, keiner hatte es angeschaltet. Es begann von selbst zu scheinen, als ob ein Geist die unterirdische Kammer betreten und einen Schalter berührt hätte.

Zuerst war es nur schwach, wie der blasse

Schimmer eines Wintermondes, der sich im Eis spiegelt und im Schnee. Der größte Teil des tiefen Kellers lag immer noch von dichter Finsternis umhüllt. Nur ein Stück Fußboden war zu erkennen, Pflastersteine und Stapel von alten Holzkisten.

Fabrikation von Gliederfiguren und Spielmaschinen stand auf jeder dieser mit Spinnweben überzogenen Kisten, denn das war der Name der Gesellschaft, der die Spielzeugwerkstatt gehört hatte, bevor Isaak Liebmann eingezogen war. Die Holzkisten waren von Spinnweben überzogen. Auf ihren Deckein lag fingerdicker Staub.

Etwas rumpelte.

Etwas knarrte.

Plötzlich schob sich eine blanke Klinge durch die Ritze zwischen dem Deckel und dem Seitenbrett einer der Kisten. Mit einem trockenen Knall splitterte Holz. Dann quietschte es ein paarmal kurz und scharf, ein alter Nagel wurde herausgehebelt.

Eine aufgestörte Spinne ließ sich an ihrem zitternden Faden von der Decke herab und verschwand in der Finsternis.

Die blanke Klinge schob sich Stück für Stück die Ritze entlang, stocherte am Deckel und hebelte einen Nagel nach dem anderen heraus. Dann wurde der Deckel zurückgestoßen, und Rex sprang aus der Kiste, die jahrzehntelang sein Sarg gewesen war.

Rex war eine große, schlanke Marionette, an deren Gliedern jedoch keine Fäden befestigt waren. Er trug schwarze Schuhe, einen schwarzen Smoking, einen schwarzen Zylinder, weiße Weste, weißes Hemd, weiße Masche und weiße Handschuhe.

Mit einem kalten, wilden Blick versuchte er, die Schatten ringsum zu durchdringen. Die weißen Kleidungsstücke waren mit verblichenen grauen und gelben Flecken übersät. Seine Smokingjacke war verstaubt und an manchen Stellen fadenscheinig. Die rechte Jackenschulter war von Motten zerfressen, so daß das Schultergelenk seines Holzgestells durchschimmerte. Die rote seidene Nelke im Knopfloch war zerknittert und zerzaust.

Als er sich aus der Kiste schwang, wickelten sich Spinnweben um seine Glieder. Er bürstete sie sich von den Smokingärmeln und der Hose.

Rex lächelte, aber in diesem Lächeln lag weder Heiterkeit noch Wärme. Sein schmales, grausames Gesicht war wie das eines Schauspielers geschminkt: blaß, bis auf das Rouge auf beiden Wangen, die nachgezogenen Augenbrauen und die knallroten Lippen.

»Ich lebe«, sagte er, wobei seine Stimme geisterhaft durch das düstere Gewölbe hallte, »endlich lebe ich wieder.«

Er trug einen dünnen schwarzen Stock, der keinen Griff, sondern einen Silberknauf hatte und sicher nicht Stütze und Stab war, sondern eher zum Kostüm eines Revuetänzers gehörte. Aus seiner Spitze ragte eine blanke Stahlklinge heraus. Wenn Rex einen Knopf auf dem Knauf berührte, schnappte das Messer in den Stock zurück und war vollkommen unsichtbar.

Das schwache, bläulichweiße Licht aus der bunten Glaskuppel begann allmählich heller zu werden. Dann ging auch die zweite Deckenlampe in dem riesigen Gewölbe an, und langsam wurde es hell. Der tiefe Keller war wie ein Lebewesen, das nach einem langen tiefen Schlaf wieder erwacht.

Rex lachte. Es war ein kaltes, böses Lachen.

Rex war ein Spielzeug wie die Zaubertiere zwei Stockwerke höher. Aber er war ein böses Spielzeug.

Amos stand immer noch auf dem hölzernen Schemel und sprach zu seinen Freunden: »Heute morgen hat Vater Isaak beschlossen, wer der nächste Spielzeugzauberer sein soll. Seine Wahl ist auf Martha Miller gefallen. Ihr gehört der Spielzeugladen in der Stadt.«

»Martha Miller ist nett«, sagte einer der Plüschpinguine vom Sofa her, wo er zusammen mit einer Katze, einem Hund und einem fetten grünen Frosch saß.

»Ich mag sie auch«, sagte Einstein, der Elefant. Er war ein stämmiger Bursche, der ein weißes Hemd mit aufgerollten Ärmeln trug, eine rehbraune Weste und eine dunkelbraune Hose, die von Hosenträgern gehalten wurde. »Ich mag Martha Miller so gerne, wie ich Erdnüsse mögen würde, wenn ich ein echter Elefant wäre und essen könnte.« Er ließ seine Ohren leicht flattern und schwenkte seinen Rüssel einmal hin und einmal her, um seine Worte zu bekräftigen.

Die anderen Tiere murmelten zustimmend.

»Vater Isaak wollte sie für heute nachmittag oder für morgen einladen«, fuhr Amos fort, »wollte uns vorstellen und ihr erklären, was es für eine Ehre und Verantwortung ist, der nächste Spielzeugmacher zu sein. Aber jetzt . . .«

»Ja, aber jetzt . . .«, sagte das Karnickel traurig und schaute zum Sofa, auf dem Vater Isaak gestorben war.

Amos sagte: »Nun ist es also unsere Aufgabe, zu Martha Miller zu gehen und ihr zu sagen, daß sie das Amt des Spielzeugmachers übernehmen muß.«

»Zu ihr gehen?« fragte Karamel, das Hundemädchen. Sie tappte aus der Ecke heraus, in der sie gelegen hatte. Ihr Fell war weich und am Rücken goldblond, Schwanz und Ohren gingen in dunkles Braun über. Bauch und Brust waren weiß, ebenso ihr Gesicht, das einen sanften und freundlichen Ausdruck besaß. Ihre Pfoten waren ebenfalls weiß, als ob sie in kleinen Stiefeln steckten. Sie schaute zu Amos empor und runzelte die Stirn. »Das kann nicht dein Ernst sein. Wie können wir denn zu ihr gelangen? Sie wohnt doch meilenweit von hier entfernt.«

»Wir haben doch Füße und Pfoten, oder nicht?« antwortete Amos.

Durch die Werkstatt ging ein erschrockenes Keuchen, als den Zaubertieren plötzlich klar wurde, was Amos da vorschlug.

Der Donner rollte wie das Dröhnen einer mächtigen Maschine durch den Himmel. Blitze zischten an den Fenstern vorbei. Ein paar dicke Regentropfen klatschten gegen das Glas, aber nur ein paar, nicht mehr, als ob der Himmel sein Wasser noch für einen gewaltigen Wolkenbruch zurückhielte.

»Da hinaus?« fragte Einstein vom Fußboden herauf. Er hob seinen plumpen, fest und solide genähten Rüssel, als ob er die Idee beschnuppern müßte. Man sah seinem Gesicht an, daß er nicht wußte, was er von ihrem Geruch zu halten hatte. »Aus der Werkstatt heraus? Zehn oder zwanzig Meilen marschieren, die ganze Strecke quer durch die Stadt zum Laden von Martha Miller?«

Hupf, das Karnickel, hoppelte so flink vor Einstein, daß seine Läufe wie Trommelstöcke auf die Eichendielen klopften, und legte den Kopf schief, so daß sein eines Ohr noch tiefer baumelte. Dann sagte es: »Warum denn nicht, du großer Kerl? Ich hab' doch tausendmal gehört, wie du dir gewünscht hast, du wärst ein echter Elefant und könntest mit einer Herde durch die riesigen Ebenen von Afrika ziehen. Dies wäre doch nur ein kleiner Spaziergang in die Stadt, mehr nicht. Also, wenn dir was in die Quere kommt, dann brauchst du es doch nur mit deinen gewaltigen Elefantenfüßen zu zertrampeln . . .«

Einstein schaute zu seinen kleinen, kurzen samtüberzogenen Füßen hinunter und seufzte.

». . . oder mit deinem kräftigen Rüssel beiseite zu schubsen«, fuhr Hupf mit Feuereifer fort, wobei er rückwärtstaumelte, als ob er gestoßen worden wäre.

Einstein runzelte die Stirn und schielte, um seinen weichen grauen Rüssel zu mustern.

Amos freute sich, daß Hupf auf seiner Seite

stand. Er hoffte jedoch, daß ihn auch noch andere Zaubertiere unterstützen würden, die etwas verantwortungsbewußter und nicht so albern waren wie das Karnickel, zum Beispiel Karamel. Und vielleicht auch der Kater und der Alte.

»Oder nimm mal an«, sagte Hupf zu Einstein, »nimm mal an, du rennst irgendeinem gemeinen Kerl in die Arme, dann kannst du ihn doch einfach mit diesen riesigen scharfen Zähnen aufspießen.«

Einsteins Stoßzähne waren ungefähr so lang wie der Daumen eines erwachsenen Mannes, bestanden aus einer weichen Baumwollhülle, prall gefüllt mit nicht entflammbaren Kunststoffasern, die aber so weich wie Butter waren. Einstein wiegte sich aber wirklich in dem Traum, ein echter Dickhäuter aus der afrikanischen Steppe zu sein, und deshalb ließ er sich bereitwillig davon überzeugen, daß er Angst und Schrecken verbreiten konnte. Daß ihn das Karnickel verspottete, schien er gar nicht zu merken.

»Ja, gut, ein kurzer Gang durch die Stadt wäre zu erwägen«, sagte er deshalb. »Ich kann schon auf mich aufpassen. Die Gefahren da draußen können im Vergleich zu Afrika nur harmlos sein.«

»Gut gebrüllt, Löwe!« sagte Hupf und schlug ihm auf den Rücken.

Draußen grollte wieder der Donner. Die Regenwolken hielten sich immer noch zurück.

Karamel tappelte zum Karnickel hinüber und sagte: »Darum geht's auch gar nicht, ob wir den Weg schaffen oder nicht. Es geht darum, daß wir es nicht riskieren können, von den Menschen dabei gesehen zu werden. Nur der Spielzeugmacher und die Kinder, die uns eines Tages bekommen werden, dürfen wissen, daß wir lebendig sind.«

Amos blickte vom Schemel zu ihnen hinunter. »O ja, es ist eine schreckliche Vorstellung, draußen durch die Straßen zu gehen, und es ist sicher auch gefährlich. Aber es ist nun einmal die Aufgabe, die wir von Vater Isaak bekommen haben.«

»Woher weißt du denn, was er von uns will?« fragte der Frosch vom Sofa her, und seine tiefe Quakstimme hallte in der ganzen Werkstatt wider.

Amos runzelte die Stirn. »Also ... Wieso ich das genau weiß, kann ich gar nicht sagen. Aber ich weiß es trotzdem. Denn mit jeder Stunde, die ohne einen neuen Spielzeugzauberer hier in der Werkstatt verstreicht ... erhöht sich die Gefahr, daß ein böser Spielzeugmacher auftaucht.«

»Ein böser Spielzeugmacher?« fragte Einstein.

Da trat der Alte aus einer dunklen Ecke der Werkstatt hervor und sagte: »Amos hat recht.«

Der Alte glich keinem der Tiere, die hier versammelt waren, und auch keinem anderen Geschöpf, das Amos kannte. Er war eine stattliche Erscheinung, seine Kleidung schien aus dem vorigen Jahrhundert zu stammen: ein dunkler Anzug mit breiter Krawatte, Ärmelhalter und merkwürdige Handschuhe ohne Finger. Seine hohe Stirn war von langen weißen Haaren eingerahmt, und auf seiner langen Nase saß eine Lesebrille mit halben Gläsern, die den gelehrten und weisen

Eindruck noch verstärkte. Sein würdiges Aussehen beeindruckte die Zaubertiere jedesmal von neuem, und die meisten von ihnen begegneten ihm mit Ehrfurcht.

»Diese Werkstatt wurde vor Vater Isaak von einem tückischen Menschen betrieben, der Zauberspielsachen herstellte, um Kinder zu quälen«, fuhr der Alte fort.

Alle Tiere im Raum außer Amos hielten vor Schreck den Atem an.

»Kinder quälen?« fragte Karamel, das Hundemädchen mit der sanften Seele. »Aber das ... Das ist doch undenkbar!«

Im Kellergewölbe ging Merkwürdiges vor sich.

Während Rex, die Marionette, den letzten Staub von der Smokingjacke klopfte, wurde das Licht der Deckenlampen allmählich immer heller. In allen Kellerräumen begannen die Zeichen des Alters und der Verwahrlosung zu schwinden. Die dicken Staubschichten auf den Kisten vergingen wie Wasser in der Sommerglut. Die Spinnweben wurden dünn wie ein Hauch und lösten sich dann gänzlich auf. Dort unten in den Gewölben erwachte eine Kraft, und obgleich sie unsichtbar blieb, ließ sie sich an ihrer Wirkung erkennen. Die verblichenen, geplatzten und verschmutzten Holzkisten wirkten wieder wie neu. Die Wörter »Gliederfiguren« und »Spielmaschinen« leuchteten geradezu auf jedem Brett. Und in den Kisten begann es schwach zu rumpeln, zu klopfen, zu kratzen und mit heiseren Stimmen zu wispern.

»Erhebt euch!« rief Rex. »Eure Zeit ist wiedergekommen!«

Die wispernden Stimmen klangen lauter und kräftiger.

Einige von den eingepackten Spielsachen begannen sich von innen gegen die Deckel ihrer Kisten zu stemmen und zu klopfen und sich genau wie Rex herauszuarbeiten. Nägel quietschten, Holz splitterte und knackte.

Rex kletterte auf die Kiste, die sein Grab gewesen war. Er ballte die hölzernen Fäuste in den weißen Handschuhen, warf die Arme hoch über den Kopf in die Luft und rief: »Erhebt euch! Unsere Zeit ist gekommen! Die Zeit zum Kinderquälen! Die Zeit, Dunkelheit zu verbreiten! Eine herrliche neue Schauerzeit bricht für uns an, voll Angst und Schrecken!«

Aus allen Kisten und Kästen kamen die bösen Spielsachen der früheren Zeiten herausgekrochen. Seitdem Herr Liebmann die Werkstatt von dem bösen Spielzeugmacher übernommen hatte, dem sie seit Anfang des Jahrhunderts gehörte, hatten sie sich hier unten im tiefsten Gewölbe verkrochen und waren in schwarze Träume versunken. Jetzt aber war das Ende der Träume gekommen, und sie waren begierig, ihre Übeltaten oben im Licht und in der Wirklichkeit auszuführen.

Die Stiefelabsätze der Spielzeugsoldaten knallten auf das Kopfsteinpflaster. Ihre gemalten Augen funkelten schwarz und kalt. Die Bajonette auf ihren Gewehren hatten blanke scharfe Spitzen. Die Kühlerroste der Spielzeuglastwagen wirkten wie gebleckte Mäuler voller Reißzähne; ihre Scheinwerfer glotzten wie wachsame Insektenaugen. Der ausgestopfte Spielzeuglöwe war kein Kuscheltier wie jene zwei Stock höher in Herrn Liebmanns Werkstatt. Dieser hatte den mörderischen Hunger der Raubkatzen.

»Das Karussell dreht sich wieder!« rief Rex, während sich die Spielsachen um ihn zu scharen begannen und zu ihm emporblickten. »Das Gute muß dem Bösen weichen. Unsere Zeit ist wiedergekommen, und wir werden sie nützen!«

»Kinder quälen? Undenkbar! Nicht zu glauben!« wiederholte Karamel und schüttelte den Kopf, daß ihre dunklen Ohren flatterten.

»Die Kräfte des Guten und des Bösen sind immer gegenwärtig auf der Welt«, sagte der Alte und legte einen Finger an sein großes Maul, um die Wichtigkeit seiner Worte zu unterstreichen. »Und manchmal siegt das Böse«, setzte er dumpf hinzu.

Der Alte genoß es, sich in düsteren Prophezeiungen zu ergehen. Diese Rolle spielt er viel zu gut, dachte Amos. Es bestand die Gefahr, daß der Alte die anderen mutlos machte. Amos kletterte rasch von dem Schemel, um sich zu seinen Freunden auf dem Boden zu gesellen.

Der Alte war das älteste Spielzeug von allen – er war genaugenommen das erste Geschöpf, das Herr Liebmann vor Jahrzehnten genäht hatte. Er war nie zum Verkauf angeboten worden, und er war das einzige Zaubertier, das niemals einem Kind dienen sollte. Er war ein großer Gelehrter, und er wußte alles über die Herkunft und die Geschichte der Zaubertiere. Ihm war die Aufgabe zuteil geworden, im Falle des unerwarteten Ablebens des Spielzeugmachers dessen Kenntnisse und alle Einzelheiten des Spielzeugzaubers dem nächsten Spielzeugmacher anzuvertrauen. Der Alte nahm diese Verantwortung sehr ernst, und seine Stirn lag oft in nachdenklichen Falten.

»Einige der bösen Spielsachen könnten sich hier immer noch verbergen«, sagte er nun und betrachtete die anderen über seine Brille hinweg mit gerunzelter Stirn. »Vater Isaak vermutete, daß unter unseren Kellerräumen noch Gewölbe lägen, in die der erste Spielzeugmacher seine Schöpfungen geschafft hat. Er konnte jedoch den Eingang nicht finden, aber es kann sein, daß er durch einen Zauberbann des Bösen geschützt ist.«

Hupf, das Karnickel, starrte auf den Fußboden. »Schlimme Spielsachen, direkt unter uns?« Seine Nase zuckte. Sein Schwanz zuckte. Sein Hängeohr zuckte. »Richtig gemeine Spielsachen?«

»Außerordentlich gemein«, antwortete der Alte.

»Mit denen werden wir fertig werden«, sagte Amos mit fester Stimme.

»Na klar doch. Wenn sie hier raufkommen«, sagte Einstein, »dann werde ich sie zertrampeln.« Zum Beweis stampfte er mit einem seiner kleinen Elefantenfüße auf die Dielen. »Zerquetschen werde ich sie, und zwar tüchtig. Quetsch, quetsch, quetsch.«

»Und ich«, sagte der Gestiefelte Kater, »nehme sie auf meine Degenspitze!«

Der Gestiefelte Kater war wie ein Kavalier gekleidet: seidenes Hemd mit weiten Ärmeln, grüne Wickelweste, breiter Ledergürtel und kastanienbraune Hose, die in hohen Reiterstiefeln steckte. Er trug einen Hut mit breiter Krempe, die an der einen Seite aufgeschlagen war, was dem Kater ein kühnes Aussehen gab. Der Degen in seiner Schärpe, auf dem er jetzt die Pfote ruhen ließ, bestand aus extrem biegsamem Hartgummi und konnte kaum ein Knäckebrot aufspießen, aber der Kater hielt sich trotzdem für einen sehr geschickten Fechter. Und wenn man so fest an sich glaubt, ist fast alles möglich. Dann kann selbst ein Gummischwert eine ausgezeichnete Waffe sein.

»Ich könnte sie wohl beißen«, sagte Karamel, »obwohl es mir sicher leid täte, selbst bei so gemeinen Bösewichten.« Ihre Zähne waren nicht sehr viel schärfer als Einsteins Stoßzähne, aber sie war tief unglücklich bei der Vorstellung, sie müßte ihre sanften Fänge jemandem ins Fleisch schlagen, selbst wenn es ein Feind war.

Von all diesen Beweisen von Mut und Tapferkeit hingerissen, sagte Hupf: »Und wenn diese bösen Biester sich hier wirklich blicken lassen, dann werde auch ich sie bekämpfen.«

»Du?« fragte der Gestiefelte Kater zweifelnd. »Was könntest du denn schon machen, um sie zu verscheuchen?«

Hupf blinzelte. Er ließ die Schnuppernase nachdenklich spielen. »Ich könnte ihnen meine großen flachen Hinterfüße um die Ohren hauen, daß ihnen Hören und Sehen vergeht«, verkündete er schließlich.

Der Kater zog seinen Gummidegen aus der Schärpe. Während er die Klinge streichelte, sagte er: »Hupf, wenn diese finsteren Schurken wirklich so tückisch sind, dann haben sie dir deine Hinterläufe abgehauen, ehe du sie ohrfeigen kannst, und stecken sie als Talisman ein.«

Hupf richtete seine Löffel kerzengerade auf, auch das Hängeohr, und riß die Augen auf.

Blitze zuckten über die Fenster, und im blutroten Zwielicht sprangen drei Schatten vorbei.

Der Donner rumpelte und rollte durch den Himmel. Die Plüschpinguine begannen nervös zu zwitschern. Die Katzen machten einen Buckel, die Hunde schauten sich sorgenvoll um, und die Bären umarmten sich, um beim anderen Trost zu finden. Der Frosch auf dem Sofa quakte bedrückt und redete mit seiner tiefen, knarrenden Stimme von Schicksal und Verhängnis.

Bevor sich die Zaubertiere jedoch in helle Verzweiflung steigerten, griff Amos ein. »Wir müssen uns jetzt auf den Weg zu Martha Millers Spielzeugladen machen, und wir dürfen keine Minute mehr zögern.«

»Ja«, sagte der Gestiefelte Kater, »sonst kriechen diese Finsterlinge aus dem Keller und versuchen uns aufzuhalten.«

»Die meisten von euch müssen hierbleiben«, sagte Amos, »wenn das Schlimmste eintritt, müßt ihr die Spielzeugfabrik vor allem verteidigen, was aus den Kellergewölben kommt.«

Ein kleiner Teddybär namens Ralph kletterte auf den niedrigen Tisch vor dem Sofa und griff nach dem Löffel neben der leeren Porzellantasse, aus der Vater Isaak seinen Frühstückskaffee getrunken hatte. Ralph machte mit dem Löffel ein paar flinke Übungshiebe und schnitt dabei ein so grimmiges Gesicht, als ob er eine tödliche Waffe schwänge und nicht ein kleines silbernes Löffelchen.

Amos bezweifelte, daß die Werkstatt von teelöffelbewaffneten Kriegern verteidigt werden konnte, aber er wußte, daß seine Freunde von Natur aus ein sanftes Herz besaßen und deshalb nicht wie die Wilden kämpfen würden. Aber sie würden tun, was sie konnten. So fuhr Amos mit seiner ernsthaften und tiefen Bärenstimme fort: »Wenn die Firma *Liebmanns Zaubertiere* in ihre Hände fallen sollte, bevor wir Martha Miller erreicht und sie dazu überredet haben, Vater Isaaks Platz einzunehmen, dann kann es sein, daß ein böser Spielzeugzauberer die Herrschaft übernimmt. Und die Firma wird wieder so heißen wie früher –«

»Fabrikation von Gliederfiguren und Spielmaschinen« sagte der Alte.

»– aber wenn das geschieht – also, dann ist alles zu spät. Dann wird die Werkstatt für viele Jahre verloren sein. Man wird hier böses Spielzeug herstellen, und das Leben vieler Kinder wird in Gefahr sein.«

Ralph, der kleine Bär, holte wieder mit dem Löffel aus.

Die Katzen fauchten, und einer der Hunde knurrte tief in der Kehle.

Zwei Affen, einer aus Samt, der andere aus Cord, begannen Federn und Bleistifte, Briefbeschwerer, kleine Figuren und Vasen zu holen, mit denen sie die Feinde bewerfen konnten. Sie stapelten die Wurfgeschosse in einem Winkel der Werkstatt auf.

Amos fuhr fort: »Ich aber werde einen Trupp der Zaubertiere zu Martha Millers Spielzeugladen führen. Ich brauche treue, und tapfere Kameraden – mit kühnem Herzen, schnellem Fuß, starken Gliedern und raschem Geist. Und zuverlässig.«

»Donnerwetter, Amos, das klingt nach mir«, sagte Hupf, das Karnickel.

Die guten Kräfte von Isaak Liebmann schützten die Spielzeugwerkstatt immer noch vor dem Bösen, und solange sie eine Wirkung besaßen, war es den Kreaturen in den Kellergewölben unmöglich, in die oberen Geschosse des Hauses vorzudringen und die Herrschaft zu übernehmen. Weil der Fürst der Finsternis, der Böse selbst, sich ständig mit Rex in einer klaren Stimme unterhielt, die dessen Spießgesellen nur als schwaches Flüstern wahrnehmen konnten, wußte die Marionette im Smoking genau, daß einige der Zaubertiere planten, sich auf die gefährliche Wanderschaft zu Martha Millers Spielzeugladen zu machen. Sie konnten aber wohl kaum die Gefahren der Nacht, des Sturms und der Stadt überleben. Doch wenn sie auch nur eine geringe Chance hatten, Martha Miller zur rechten Zeit zu erreichen, konnte es Rex nicht riskieren, sie ungehindert losmarschieren zu lassen.

»Wir müssen sie aufhalten«, teilte er dem üblen

Gesindel mit, das sich im Gewölbe um ihn scharte. »Wir müssen sie verfolgen und auslöschen. Ich werde Unterstützung brauchen. Lissie, du wirst mit mir kommen.«

Lissie war ebenfalls eine Marionette und nach dem Vorbild der Tanzmädchen der goldenen zwanziger Jahre entstanden. Sie trug ein kurzes, ärmelloses rotes Kleid mit tiefer Taille, einen passenden Glockenhut, der ihr fest am Kopf saß und mit einer kleinen blauen Feder geschmückt war, und drei lange Ketten aus blauen Perlen. Ihre Backen waren leuchtend rot gepudert. Die Haare lagen ihr in festen kleinen Locken auf der Stirn. Sie wirkte hart und kalt, und das gefiel Rex genauso wie die Grausamkeit ihrer blauen Augen. Sie hatte einen langen schwarzen Zigarettenhalter in der Hand, in dem eine Plastikzigarette steckte. Auch an ihren Gliedern hingen keine Fäden.

Rex sagte: »Und du, Eisenbeißer, mußt auch mitkommen. Vielleicht brauchen wir deine Kräfte.«

Eisenbeißer war ein Roboter, die letzte Gliederfigur, die vor der Übernahme der Fabrik durch Herrn Liebmann entstanden war. Ein Zukunftsentwurf. Eisenbeißer bestand ganz und gar aus Metall und war leicht mit Rost überzogen, der nun allmählich verflog, während ihn die Kraft des Bösen nach all den untätigen Jahren wieder mit Leben erfüllte. Zwei kleine, aber bösartige gelbe Lichter glimmerten in seinen tiefen Augenhöhlen. Die lippenlosen Kiefern waren wie Baggerschaufeln geformt, und auch seine Hände sahen erschreckend gewalttätig aus. Er trat vor, indem er sich rücksichtslos durch die Schar der bösen Spielsachen zwängte, die sich alle eifrig vorgedrängelt hatten, um auch ausgewählt zu werden. Eisenbeißers Füße klirrten und klapperten leise und schlugen gelegentlich einen Funken aus den kalten Steinen des Fußbodens.

Der Roboter baute sich vor der Kiste auf, auf der Rex stand. Er schaute empor und sagte mit einer Stimme aus Eis und Eisen: »Ich werde ihnen die weichen Glieder vom Leibe reißen. Ich werde ihnen die Füllung aus den Gliedern reißen. Ich werde sie in Stücke reißen.«

Irgend etwas an Eisenbeißer war selbst Rex unheimlich, und deshalb schaute er rasch fort. »Du kommst auch mit uns.« Er deutete auf den Schratz in der Kiste. Diese Kiste war rot und besaß Räder, die mit blanken, rasiermesserscharfen Rändern ausgestattet waren. Sein Körper glich einer Ziehharmonika, die durch eine Sprungfeder aus der Kiste schoß und einen schrill bemalten Clownskopf trug, vor dem man sich zu Tode erschrecken konnte: der Mund war groß und rot, und die Zähne schimmerten gelb. Die Pupille des rechten Auges war klein und grün und die des linken groß und blutrot. Er trug die weiße Halskrause eines Clowns und eine schwarze Melone, die viel zu klein für ihn war, aber beides wirkte an ihm nicht im geringsten komisch. Er konnte sich mit zwei höchst gelenkigen Armen vorwärtsstoßen, die in vierfingrigen Händen in weißen Handschuhen endeten.

Der Schratz in der Kiste rollte mit rasselnden Rädern über die Pflastersteine und schaute bewundernd zu Rex empor. Er kicherte und stieß mit flüsternder Stimme hervor: »Ich werd' mir eins von diesen süßen kleinen Kuscheltieren schnappen, und dann zieh' ich es in meine Kiste und klapp' den Deckel zu, und dann kannst du's von der Liste streichen.«

Der Schratz wirkte vollkommen wahnsinnig. Er kicherte abermals.

Rex' letzte Wahl fiel auf die Stecherin, die Hornisse. Dieses Geschöpf bestand aus Holz mit eingehängten Metallflügeln und vier mit Gelenken versehenen hölzernen Beinen. Um den gelben Insektenleib liefen schwarze Streifen. Der Kopf war ebenfalls gelb mit großen roten Augen, und die Gesichtszüge glichen weniger einem Insekt als vielmehr einem Menschen. Wenn sich die Stecherin von einem Kind in der Hand halten und durch die Luft schwenken ließ, begannen die Flügel zu schlagen. Sie konnte auch mit Hilfe eines Loches im Panzer, durch das der Wind pfiff, ein Summen zustande bringen, weil die austretende Luft zwei geräuschvolle Propeller antrieb. Die Stecherin hatte ebenfalls zwei rote Räder, so daß sie über den Boden gerollt werden konnte.

Rex hatte die Stecherin ausgewählt, weil sie kraft der Macht des Bösen tatsächlich fliegen konnte. Sie würde bei der Suche nach den Zaubertieren den anderen vorausfliegen und dann, wenn sie den Feind erspäht hatte, zu Rex zurückkehren können und Bericht erstatten. Schließlich war die Stecherin ein beachtlicher Kämpfer. Ihr Hinterleib endete in einer Waffe, die ihr den Namen gegeben hatte: ein gebogener Stachel, der nicht sonderlich beeindrukkend wirkte, bis er beim Angriff aus dem Hinterleib ausgefahren wurde und dreimal so lang und sehr viel spitzer war, als man gedacht hatte.

Als die Stecherin hörte, wie Rex ihren Namen nannte, kam sie aus einem dunklen Winkel des Gewölbes angeschwirrt. Sie brummte über die Köpfe der anderen Spielsachen hinweg. Sie grinste. Ihre roten Augen funkelten.

»Gegen uns haben sie keine Chance«, sagte Rex, und ein dumpfes Murmeln der Zustimmung lief durchs Gewölbe.

Nachdem er wieder auf die Werkbank geklettert war, mühte sich Amos mit dem Griff des Kellerfensters ab und zog dann die beiden Scheiben nach innen. Ein kalter Windstoß fuhr in die Spielzeugfabrik.

Draußen fiel rasch die Nacht ein. Der purpurfarbene Himmel im Westen verdunkelte sich. Die kahlen Zweige tanzten im Sturm, und das vergilbte Gras warf Wellen wie die braune Oberfläche eines Moortümpels.

Amos' Begleiter hatten sich hinter ihm auf der Bank versammelt: Einstein, der Elefant, Karamel, das Hundemädchen, der Gestiefelte Kater, der Alte und Hupf, das Karnickel. Sie hatten sich von den anderen Zaubertieren verabschiedet, von den Pinguinen, dem heiseren Frosch, den Katzen und Hunden und Affen, die daheimbleiben und die Werkstatt verteidigen wollten, falls es die bösen Spielsachen wagen würden, aus ihren finsteren Schlupflöchern unter dem alten Gebäude herauszukriechen.

Der winterwelke Rasen lag nur ein paar Fuß unterhalb des Fensters, und Amos drängte Einstein, rasch hinauszuspringen. Der Elefant blieb jedoch auf dem Fensterbrett stehen und zögerte. Der Wind fuhr ihm unter die großen Ohren und ließ sie emporflattern und wieder fallen und emporflattern und fallen.

»Wir Elefanten sind dazu gemacht, über die Steppe zu herrschen«, sagte er zu Amos, »zum Springen sind wir nicht geschaffen.«

»Und wir Bären«, antwortete Amos, »sind dazu geschaffen, Honig zu fressen und Fische mit den Pfoten zu fangen und in Höhlen Winterschlaf zu halten, aber wenn es darum geht, den Auftrag von Vater Isaak zu erfüllen, dann würde ich ohne zu zögern auch auf Flugzeugflügeln Rollschuh fahren.«

»In einer Höhle könnte ich keinen Winterschlaf halten«, entgegnete Einstein und zitterte am ganzen Leibe, weil ihn der Wind an den Ohren und an der Weste zerrte. »Mäuse könnten in Höhlen leben. Vielleicht auch Fledermäuse, die sind ja nichts anderes als Mäuse mit Flügeln. Aber ich kann Mäuse nicht ausstehen. Nein, kein bißchen. Ich hab' wie alle Elefanten eine gesunde Angst vor Mäusen. Eklige kleine Dinger.« Er schüttelte sich.

Amos sagte: »Das tut mir leid, denn gerade jetzt sitzt hier auf der Werkbank eine Maus, gerade hinter dir.«

Einstein quiekte vor Angst und sprang aus dem Fenster. Er landete gut und sicher auf seinen beiden Stummelbeinen. Während ein Blitz durch den dunklen Himmel fuhr, drehte er sich um und schaute zum Fenster hinauf, offensichtlich verblüfft über seine Standfestigkeit. Er begriff wohl, daß er überlistet worden war, aber er war deshalb nicht ärgerlich. Er grinste nur und winkte Amos mit dem Rüssel zu.

Die Bäume um die Spielzeugfabrik schienen zu einer einzigen Finsternis zusammenzuschmelzen. Die Schatten auf dem Rasen wurden immer länger, aber Karamel sprang ohne zu zögern aufs Gras, und der Gestiefelte Kater folgte ihr mit der Anmut seiner Rasse.

Der Alte kam als letzter an die Reihe. Im Lauf der Jahrzehnte hatte Vater Isaak ihm immer wieder die Nähte nachgenäht, wenn es notwendig gewesen war, aber die Gelenke und die verschiedenen Stoffarten waren nicht mehr so dehnbar und strapazierfähig wie in alten Zeiten. Außerdem war er ein Gelehrter, seiner Natur nach ein Stubenhocker und nicht für solche wilden Abenteuer entworfen.

»Kannst du es schaffen?« fragte Amos besorgt.

»Oh, natürlich«, erwiderte der Alte. Er warf seinen Spazierstock in das welke braune Gras. Seine lange Schnauze zuckte, und er zog eine Augenbraue hoch, während er Amos einen Seitenblick zuwarf. »Glücklicherweise ist mir die Brille auf die Nase geklebt.« Damit sprang er.

Hupf trat ins Fenster und sagte: »Ich hätte lieber eine Leiter.«

»Wir haben keine Leiter«, antwortete Amos.

»Ein Strick würde mir schon reichen.«

»Auch keinen Strick.«

»Ein Fallschirm?« fragte das Karnickel.

»Es ist nicht mal ein Meter.«

»Ein Freiballon mit Helium wäre auch ganz nett.«

Amos setzte einen Fuß auf des Karnickels Schwanz und schubste es aus dem Fenster. Hupf machte den verzweifelten Versuch, die langen Ohren so im Kreise wirbeln zu lassen, als ob es die Rotoren eines Hubschraubers wären, aber die Löffel hielten ihn nicht in der Luft, sondern verknoteten sich. Er krachte auf den Boden, kullerte vorwärts und riß die anderen Zaubertiere um, die unten auf ihn gewartet hatten.

Nun stand Amos auf der Fensterbank und schaute zu seinen Freunden hinab, die sich wieder aufrappelten, und es fiel ihm auf, wie lächerlich klein und hilflos sie aussahen. Die Welt vor der Spielzeugfabrik wirkte plötzlich riesig und erschrekkend. Der Himmel schien noch größer als das Land: im Westen kaum mehr ein Licht, im Osten die schwärzeste Finsternis und überall die jagenden Sturmwolken. Der kalte und kräftige Wind blies die welken Blätter über die Wiese, pfiff durch die kahlen Zweige und raschelte in den immergrünen Büschen, als ob sie lebendig wären. Die Stadt und der Spielzeugladen von Martha Miller schienen so endlos weit entfernt zu sein wie der Mond.

Lieber Gott, dachte Amos, die Welt ist so groß, und wir sind so klein, und ich habe Angst.

Aber dann sagte er zu sich: Alpha und Omega. Ich bin der erste, den es immer trifft, und der letzte, der sich drückt. Ich werde der erste sein, der ihnen Mut macht, und der letzte, der sich der Angst ergibt. Er nickte und sagte laut: »Jawollja!«, und damit sprang auch er.

Er landete auf den Füßen, stolperte, fiel aber nicht um. Als er sich umdrehte und aufschaute, machte einer der Samtaffen gerade die Kellerfenster zu. »Viel Glück«, rief er ihnen noch zu.

»Können wir gut gebrauchen«, sagte Hupf, während er ängstlich in die stürmische Nacht mit den tiefziehenden Wolken schaute.

»Wir werden unser Glück schon machen«, sagte der Gestiefelte Kater mit der ganzen Zuversicht eines heldenhaften Kavaliers. Sein buschiger Schwanz plusterte sich im Wind, und seine weiten Hemdsärmel blähten sich.

Hupf, das Karnickel, fragte: »Ist dir dein Hut am Schädel festgenäht?«

»Felsenfest und mit doppelter Naht«, bestätigte der Gestiefelte Kater.

»Na schön«, sagte Hupf, »wenigstens etwas, worüber wir uns keine Sorgen zu machen brauchen.«

Amos sagte: »Genug geschwatzt. Setzt euch in Bewegung.«

Geheime Steinstufen führten aus den Gewölben zu einer verborgenen Tür in der Kellermauer empor. Rex, Lissie und Eisenbeißer konnten die Treppe ohne Schwierigkeiten erklimmen. Die Stecherin flog natürlich einfach nach oben. Sie gab dabei ein hohes und durchdringendes Summen von sich, das zwischen den klammen Wänden des Stiegenhauses so widerhallte, daß es Rex ganz kribbelig machte.

Da er nur mit Rädern, aber nicht mit Beinen ausgestattet war, fiel dem Schratz der Aufstieg am schwersten. Seine Arme waren jedoch kräftig genug, so daß er sich, vom Verlangen erfüllt, die Zaubertiere zwischen seine Finger zu kriegen, von einer Stufe zur nächsten emporzog.

Weder Rex noch ein anderer von seinen Spießgesellen bot ihm Unterstützung an, denn sie waren ohne einen Funken Mitleid entworfen, ohne die Fähigkeit, freundlich zu sein. Obgleich sie dasselbe Ziel vereinte, obgleich sie wie mit einem einzigen Verstand dachten und obgleich sie derselbe leidenschaftliche Wunsch vorantrieb, kam ihnen nie in den Sinn, einander zu helfen.

Oben wurde die Treppe durch eine nackte Birne in einem Drahtkorb beleuchtet. In diesem schwachen Licht erkannte Rex, daß etwa hundert Spinnen mit ihnen emporgestiegen waren und sich jetzt über ihnen an die Spinnweben klammerten. Es waren dicke, blanke schwarze Spinnen mit langen Beinen, eine Abschiedsbegleitung, die ihnen zweifellos der Fürst der Finsternis in eigener Person mitgegeben hatte.

»Kleine Mädchen haben Angst vor Spinnen«, sagte Lissie. »Wenn ich eines Tages endlich in einen Spielzeugladen geschickt und verkauft werde, sammle ich die scheußlichsten Spinnen zusammen, die ich auftreiben kann. Die versteck' ich dann unter dem Kopfkissen von meinem Kind und in seinen Schuhen.«

Der Schratz kicherte beifällig.

»Du wirst bald für ein Kind verkauft werden«,

versprach Rex. »Unsere Zeit ist wiedergekommen.«

Eisenbeißer hakte seine unempfindlichen Finger in das Schloß der Geheimtür. Dann spannte er seine stählernen Muskeln an und ließ die Tür so weit aufspringen, daß sie in den höher gelegenen Keller schlüpfen konnten. Rex deutete mit seinem schwarzen Stock zur Deckenlampe. Sie flackerte, dann ging das Licht an.

Hier konnte er spüren, wie der Zauber der Tiere in der Luft lag. Er sickerte von oben herab, aus der Werkstatt, wo er zweifellos noch stärker war. Obgleich Isaak Liebmann gestorben war, wirkte des Spielzeugmachers Güte und Zauberkraft noch weiter und würde oben im Haus so mächtig sein, daß er es den Spielzeugfiguren unmöglich machte, die Herrschaft zu übernehmen. Einstweilen wagten sie sich nicht höher ins Haus als bis zu diesem Keller.

»Die Zaubertiere haben sich schon auf die Suche nach Martha Millers Laden gemacht.« Rex wiederholte das, was ihm eine innere Stimme sagte. »Wir müssen so rasch wie möglich hier heraus. Wir müssen diese widerlichen Weichlinge finden und sie vernichten.«

Sie entdeckten in einer Kellerecke eine Kohlenkiste, kletterten auf den Kohlenberg und krabbelten unter dem Schwingtürchen, das oberhalb der Kohlenkiste angebracht war, zur Spielzeugfabrik hinaus. Der Wind brauste über den Rasen, und die Luft war kalt. Blitze zischten durch den Himmel. Schattenfetzen sprangen aus dem Nichts. Donner krachte und rumpelte. Rings um den Rasen skelettschwarze Bäume. Bei jedem Zucken der Blitze schienen sie einen Satz nach vorne zu machen und sprangen dann wieder ins Dunkle zurück.

Rex brach in Gelächter aus. Nächte wie diese liebte er ganz besonders.

Sein Name lautete Zacharias Zack, und dies war nach langer Zeit sein erster Tag in Freiheit. Er hatte wegen schwerer Verbrechen fünfzehn Jahre im Gefängnis gesessen, und an diesem Nachmittag war er entlassen worden.

Zuerst hatte Zack in einer Imbißstube etwas gegessen, dann war er stetig nach Norden gewandert. Er hatte keine Ahnung, wohin er ging oder was er tun sollte, wenn er ankam, aber er spürte in seinen Knochen, daß er nach Norden gehen mußte. Irgend etwas schien ihn von dort zu rufen. Er marschierte am Rand der Autostraße, und der kalte Regen klatschte ihm ins Gesicht. Er trug ein paar billige schwarze Schuhe, einen billigen blauen Anzug, ein weißes Hemd ohne Krawatte und einen ausgebeulten Regenmantel – das alles hatte er bei seiner Entlassung erhalten. In seiner Tasche steckten hundert Dollar. Was er auf dem Leib und in dieser Tasche trug, war alles, was er auf dieser Welt besaß.

Zack hatte ein langes, mageres und geierscharfes Gesicht, das ihn gefährlich wirken ließ. Er schaffte es, daß sich die Leute schon unbehaglich fühlten, wenn er nur den Raum betrat. Seine grauen Augen waren fast durchsichtig, kalt wie Eis, und jetzt, in der Nacht, schienen sie wie die Augen eines wilden Tieres zu funkeln.

Die Haare klebten Zack am Kopf. Seine Schuhe quatschten vor Nässe, die Haut seiner Zehen war in den nassen Socken schon ganz ribbelig geworden, und seine Hosenbeine waren klatschnaß vom Wasser, das die vorüberfahrenden Autos auf ihn spritzten. Er war naß bis auf die Knochen. Er fror und fühlte sich jämmerlich, aber er benutzte dieses Elend, um seinen Haß zu nähren. Zack haßte jeden und alles. Er haßte das Gefängnis und jeden, der im Gefängnis saß. Er haßte die Welt außerhalb des Gefängnisses und alle, die in Freiheit lebten. Er haßte die Autofahrer, die vorbeibrausten, ohne ihn mitfahren zu lassen, und er schickte ihnen wilde Flüche nach, auch wenn sie ihn nicht hören konnten.

Zack haßte auch die Autofahrer, die anhielten und ihn mitnahmen. Er verfluchte sie nicht, brütete aber schweigend vor sich hin. Er gab nur ein paar knurrende Auskünfte, und wenn sie versuchten, ihn in ein Gespräch zu verwickeln, starrte er sie wütend an. Er jagte allen eine solche Angst ein, daß ihn keiner mehr als ein paar Meilen mitnahm, und deshalb mußte er fast den ganzen Nachmittag und Abend durch den strömenden Regen laufen, statt gemütlich im Auto zu sitzen.

Sein Haß war sein einziger Lebenszweck. Er fand weder an Büchern Gefallen noch an Filmen oder gutem Essen und Musik, die Schönheit der Welt ließ ihn kalt, und er lachte nie. Ohne seinen Haß würde er zu Staub zerfallen und vom Winde verweht werden.

Nachdem er lange genug im Gefängnis gesessen

hatte, um in den Genuß bestimmter Privilegien zu gelangen, hatte er viel von seiner Zeit in einer Holzwerkstatt verbracht. Die Gefangenen stellten einfache Spielsachen her, die von verschiedenen mildtätigen Vereinen als Weihnachtsgeschenke für bedürftige Kinder verwendet wurden.

Zack haßte Kinder genauso wie Erwachsene. Er machte Spielsachen mit verborgenen Fehlern, Holzautos und Holzpuppen, die den Kindern in den Händen zerbrachen, nachdem sie nur eine oder zwei Stunden damit gespielt hatten. Sein größtes – und einziges – Vergnügen beruhte darin, daß er sich die Tränen der Kinder vorstellte, die mit ihren schönen neuen Puppen und Lastautos spielten, aus denen so rasch wertloser Müll wurde.

In der vergangenen letzten Nacht im Gefängnis hatte Zack einen merkwürdig lebendigen Traum von einer Spielzeugfabrik gehabt. Auf dem Firmenschild standen die Worte *Fabrikation von Gliederfiguren und Spielmaschinen,* und er hatte sich selbst emsig an einer Werkbank arbeiten gesehen, wie er gerade eine Clownpuppe mit boshaft funkelnden Augen zusammensetzte. Dieser Traum war ihm im Laufe des Tages immer wieder durch den Kopf gegangen, auch jetzt, wo er durch den Regen stapfte. Er hatte ihn verwirrt. Kein anderer Traum war ihm jemals so wirklich vorgekommen. Es verwirrte ihn aber auch sein unwiderstehlicher Drang, trotz des heftigen Regens nach Norden zu ziehen. Selbst mit nur hundert Dollar in der Tasche hätte er sich ein Zimmer in einer Pension oder einem preiswerten Hotel leisten können. Dort hätte er den Regen abwarten können, was seine Wanderung wesentlich angenehmer gemacht hätte. Aber er konnte nicht stehenbleiben. Er war gezwungen, durch das Unwetter zu stapfen. Er fühlte sich wie ein Stück Eisen, das von einem riesenhaften Magneten nach Norden gezogen wird.

Meine Zukunft liegt im Norden, dachte er. Er wußte aber nicht, wie diese Zukunft aussehen mochte.

Die nasse Fahrbahn glänzte schwarz. Von Zeit zu Zeit fuhren Autos vorbei. Die Fahrer waren durch das Aufblenden der Scheinwerfer und die verregneten Windschutzscheiben unsichtbar. Jedesmal, wenn Zack einen Motor hinter sich dröhnen hörte, drehte er sich um, hob den Arm und machte mit Faust und Daumen die klassische Geste der Anhalter. Die meisten Autos sausten vorbei. Ein paar Fahrer wurden langsamer, doch wenn sie Zack erkennen konnten, beschleunigten sie wieder und verschwanden in der stürmischen Nacht.

Ein feiner Nebel stieg wie ein Schleier von den Feldern auf, zwischen denen die Autostraße lag. Später stieß Zack auf Bäume mit Nebelbärten. Er trottete weiter. Die Luft wurde kälter. Zack überlegte, ob der Regen wohl in Hagel oder Schnee übergehen würde. Er stopfte die Hände tief in die Taschen seines Regenmantels, zog die Schultern hoch und marschierte weiter nach Norden.

Eine finstere und stürmische Nacht

Viktor Liebmann, der Neffe von Isaak Liebmann, dem kürzlich verstorbenen Spielzeugmacher, fuhr in der Finsternis durch eine kleine Vorstadtstraße und murmelte vor sich hin. Selbstgespräche führte er oft, denn er hatte keine Frau und lebte allein, und weil er keine engen Freunde besaß, blieb ihm nur übrig, mit sich selbst zu reden.

Viktor war ein Griesgram. Obgleich er noch ziemlich jung war, erst fünfunddreißig Jahre, wirkte er wie ein Siebzigjähriger, weil ihn sein sauertöpfisches Wesen frühzeitig alt erscheinen ließ. Sein Gesicht war blaß und mager, verkniffen und muffig. Er sah immer so aus, als ob er gerade in eine Zitrone gebissen hätte. Er war hochgewachsen und viel zu dünn. Wenn er im Auto saß, mußte er sich im Sitz zusammenkrümmen. Wenn er zu Fuß ging, machte er einen Buckel, als ob er einen ganzen Berg auf seinen knochigen Schultern zu schleppen hätte.

Ein sehr anziehender Mensch war er also nicht.

Im Augenblick war er niedergeschlagen und aufgebracht zugleich. Er war niedergeschlagen, weil sein Onkel gestorben war. Sie hatten sich nie sehr nahegestanden, woran aber Viktor schuld gewesen war. Dem freundlichen Isaak hätte eine engere Bindung nur gefallen. Aber Viktor hatte weder die Zeit noch den Wunsch empfunden, einem anderen Menschen näherzukommen. Jetzt aber empfand er den Tod des alten Mannes als Verlust. Und es überraschte Viktor, wie schmerzlich er jetzt schon seinen Onkel Isaak vermißte.

Gleichzeitig war er ärgerlich und aufgebracht, weil ihm Isaaks Leben als Spielzeugmacher immer als vollkommene Zeitverschwendung vorgekommen war. Spielzeug war nur etwas für Kinder, nicht für Erwachsene. Viktor vertrat zwar diese Meinung, hatte sich aber selbst als Kind niemals richtig für Spielsachen interessiert. So hielt er seinen Onkel für kindisch, weil er sich sein Leben lang nur mit Spielsachen beschäftigt hatte. So eine Vergeudung! So ein Unfug!

Viktor bremste vor einem Stoppzeichen und bog dann nach rechts ab. Er wollte zur Werkstatt seines Onkels, die ganz in der Nähe lag.

Blitze zischten durch den dunklen Himmel. Welkes Laub flog über die Fahrbahn, und ein paar Blätter scharrten über die Windschutzscheibe, ehe sie in die Finsternis gerissen wurden.

Viktor wäre in so einer Nacht lieber gemütlich zu Hause geblieben. Außerdem hatte er arbeiten wollen, Fachzeitschriften lesen, Bankauszüge studieren, Anlagemöglichkeiten abschätzen und vergleichen. Er arbeitete meistens vierzehn Stunden am Tag, und das an sieben Tagen in der Woche, und wenn er nichts zu tun hatte, wurde er kribbelig.

Vielleicht hätte es Viktor besänftigt, wenn Isaak eine richtige Spielzeugfabrik besessen hätte, eine gewaltige Anlage mit tausend ratternden und klappernden Maschinen, die alle zwei Sekunden Puppen und Spielzeugautos und hundert andere Produkte ausspuckten. In so einer Spielzeugfabrik steckte Geld, und Geld gefiel Viktor in jeder Hinsicht. Isaak hatte mit seinen Spielsachen jedoch nur sehr wenig verdient, gerade genug zum Leben. Er hatte Spielsachen hergestellt, weil er sie liebte. Was für eine Vergeudung! Was für ein Jammer!

Jetzt war die ganze Firma an Viktor gefallen, denn er und Isaak waren die letzten Nachkommen der Familie, und Viktor hatte vor, den Laden in Schwung zu bringen. Zuerst wollte er Inventur machen und dann alles verkaufen. Das verfallene alte Haus mit den vielen Türmchen und Giebeln, in dem Isaak gewohnt und gearbeitet hatte, wollte er abreißen lassen. Es mußte ja ein ziemlich zugiger Kasten sein, in dem man alle Leitungen und Rohre neu verlegen lassen müßte, und allein die hohen Räume zu heizen kostete sicher ein Vermögen. Mit der Zeit wollte er auch die vier Hektar aufteilen, die das Haus umgaben, denn das Gelände reichte gut für ein Dutzend Reihenhäuser und würde anständig Geld bringen. Er hatte schon oft versucht, Isaak für so ein Bauvorhaben zu überreden, aber der alte Mann hatte eine sentimentale Bindung an seine Spielzeugwerkstatt gehabt und nicht gewußt, was gut für ihn war.

Viktor war dagegen fest entschlossen, dem Meistbietenden zu verkaufen.

Eine Steinbrücke, an beiden Enden von Lampen flankiert, führte über den Fluß, der das Gelände der Zaubertierfabrik an der Vorderfront begrenzte. Amos führte die Zaubertiere über die Brücke, während ihnen der Alte erklärte, daß sie aus dem 18. Jahrhundert stammte. Er wurde jedoch durch das Auftauchen eines großen Hundes unterbrochen. Eines sehr großen Hundes, wild und bösartig. Er hatte ein schwarzbraunes Fell, war doppelt so groß wie Amos und wog sicher dreimal so viel wie alle sechs Zaubertiere zusammen. An einem schweren Halsband klirrte eine kurze abgerissene Kette. Einen Augenblick fuhr der Hund zusammen. Dann wurden seine Augen zu Schlitzen, und er knurrte tief in der Kehle.

Die Zaubertiere erstarrten.

Der Hund zog die schwarzen Lippen hoch, und gelbe Zähne waren zu sehen. Scharfe Zähne. Riesige Zähne.

Amos dachte verzweifelt: Vater Isaak, wenn du mich zum Anführer gemacht hast, warum hast du mir dann keinen größeren Körper gegeben? Warum bin ich nicht einen ganzen Meter groß?

Der Hund senkte den Kopf, legte die Ohren an seinen kantigen Schädel und schaute von einem Zaubertier zum anderen.

»Wir sind erledigt«, sagte Hupf niedergeschlagen.

»Ich werd' mit diesem Ungeheuer schon fertig«, rief der Gestiefelte Kater zuversichtlich und zog tapfer sein Gummischwert.

»Der wird uns in Stücke reißen«, murmelte Hupf.

»Nicht wenn ihm klar wird, daß er es mit einem Elefanten zu tun hat!« trompetete Einstein stolz. »Noch hat er mich nicht bemerkt, aber wenn er mich erblickt, wird er den Schwanz zwischen die Beine klemmen und um sein liebes Leben rennen.« Einstein stampfte mit einem kleinen Plüschfuß so fest auf, als ob er die Brücke zum Wanken bringen wollte.

»In klitzekleine Stücke reißen ...« murmelte Hupf.

Blitze zuckten, und Donner rollte durch den Himmel, aber der struppige Hund ließ sich von dem Unwetter nicht ablenken. Er machte einen Schritt vorwärts, dann noch einen und hörte nicht auf zu knurren. Speichelfäden hingen ihm aus dem Maul.

»Ruhig, nur ruhig«, sagte Amos zu seinen Freunden, während er sich verzweifelt den Kopf zerbrach, wie er den Köter verscheuchen konnte.

»Klitzekleine Fitzelchen«, sagte Hupf.

»Hast du Angst, Karnickel?« fragte der Gestiefelte Kater.

»Ich?« fragte Hupf beleidigt zurück. »Ich stamme von lauter Helden ab, das weißt du doch. Hat sich der Hase vor dem Igel gefürchtet? Hat Bugs Bunny jemals Angst gehabt?« Um diesen Mut zu beweisen, machte Hupf einen Satz nach vorn, gerade auf den Hund zu, fast in seinen langen Schatten. »He, du Biest!«

Der Hund schaute Hupf an. Wieder zuckte ein Blitz, und einen Augenblick lang glänzten die Augen des Hundes wie Silber.

»Du siehst so dämlich wie ein Kojote aus«, sagte Hupf, »zu dämlich, um's mit einem unseresgleichen aufzunehmen. Hau ab, ehe wir dir einen Knoten in den Schwanz machen! Du bist ja nichts als ein räudiger Köter!«

Der Hund glotzte nur.

»Laß das, Hupf«, sagte Amos.

Hupf aber, der davon träumte, Komödiant und Bühnenstar zu werden, war jetzt in Schwung und kaum zu stoppen. »Wenn's um den Grips ginge«, schrie er dem Hund ins Gesicht, »hättest du nichts zu lachen!«

Der Hund glotzte nur.

»Hupf!« warnte Amos.

Aber das Karnickel deutete auf den Kettenhund und schrie: »Ich hab' gehört, du bist so blöde, daß du gedacht hast, an den Hundstagen regnete es junge Hunde!«

Der Köter senkte den Kopf nur noch tiefer und bellte das Karnickel wütend an.

»He!« schimpfte das Karnickel und machte einen so mächtigen Satz nach hinten, daß es Einstein mit umriß. Einstein rappelte sich wieder auf, klopfte sich die Weste sauber und rief dem Kettenhund zu: »Ich bin ein Elefant, verstehst du?«

»Hmmmm«, sagte der Alte und legte seinen Zeigefinger an die lange Schnauze. »Vielleicht wäre es das klügste, wenn wir uns ins Haus zurückzögen, etwas Eßbares suchen und diesem Geschöpf ein Friedensangebot unterbreiteten.«

»Der ist mit einem einzigen Satz über uns,

wenn wir nur ein paar Schritte machen«, sagte der Gestiefelte Kater. »Vielleicht sollte ich ihm lieber meine flache Klinge über die Nase ziehen, um ihn Mores zu lehren.«

Amos war wütend auf sich selbst. Er hatte versagt. Es fiel ihm nichts ein, um auch nur einen Straßenköter abzuwehren. Er nahm schon Anlauf, um sich blindlings auf das Tier zu stürzen, und er hoffte, ihm damit einen solchen Schrecken einzujagen, daß er die Flucht ergriff.

Doch da trottete plötzlich Karamel an Amos vorbei und redete den Kettenhund an: »Schäm dich. Du bist eine Schande für unsere Rasse.«

Der schwarzbraune Hund knurrte wieder, und schaumige Spucke flog ihm von den Lefzen.

Karamel fuhr fort: »Der Hund ist der beste Freund des Menschen. Ein Hund sollte edel sein, treu, freundlich und hilfsbereit. Hat dir denn deine Mutter nicht beigebracht, wie man sich benimmt? Wenn du mein Junges wärst, dann wüßtest du aber, was Höflichkeit ist. Schäm dich. Schäm dich in Grund und Boden.« Der Köter hörte zu knurren auf, warf den Kopf zurück und machte ein dummes Gesicht.

»Stell dir nur vor, wie deiner armen Mutter zumute wäre, wenn sie dich hier so sehen müßte«, sagte Karamel. »Aufregen würde sie sich und zu Tode schämen, daß sie es nicht geschafft hat, dich anständig zu erziehen.« Zuerst hatte Amos gedacht, daß Karamel eine List anwendete, aber nach einer Weile wurde ihm klar, daß sie den Köter gar nicht verspottete. Es war ihr vollkommen Ernst mit dem, was sie dem Kettenhund vorwarf. Sie war wirklich vollkommen außer sich, daß sich ein Hund so schlecht benehmen konnte. In ihrer sanften Stimme klangen Trauer, Enttäuschung und ein zartes Schelten. »Ein Hund, auf den seine Mutter nicht stolz sein kann, ist tief zu bedauern. Deine Mutter hat dich schließlich auf die Welt gebracht. Mütter sollten geehrt und geachtet werden. Alles, was du im Leben tust, sollte zur Ehre deiner Mutter geschehen und nicht zu ihrer Schande.«

Karamels Strafpredigt und ihre eindeutige Mißbilligung schienen dem Kettenhund irgendwie nahezugehen. Er hörte auf zu knurren. Er leckte sich die Lefzen und zwinkerte und machte ein verdutztes Gesicht. Karamel trottete über die Brücke bis auf den steinernen Fußweg und begann seelenruhig, um den Köter herumzugehen und ihn dabei von oben bis unten zu mustern, als ob sie eine Richterin und dieser echte Hund ein gottverlassener Gauner wäre, über dessen Bestrafung sie zu entscheiden hätte. Der Kettenhund drehte sich wie ein Kreisel und beobachtete Karamel ängstlich, während sie um ihn herumtrippelte.

»Und deine Kette hast du auch noch zerrissen, wie ich sehe«, sagte Karamel. »Also: von zu Hause ausgerissen. Du hast offensichtlich überhaupt nicht an die Sorgen und den Ärger gedacht, die du deinem Herrn dadurch verursachst. O nein, solche Überlegungen haben in dem eigensüchtigen Dickschädel so eines pflichtvergessenen Hundes natürlich keinen Platz. Du denkst nur an deine eigenen Abenteuer, du denkst nur an dich selbst, ganz versessen darauf, ein paar verschreckte Katzen zu hetzen und ein paar Spielzeugtiere in Angst zu versetzen, die nicht einmal halb so groß sind wie du. Deine arme Mutter. Ach je, deine arme, arme Mutter. Sie tut mir von ganzem Herzen leid.«

Der Kettenhund stieß ein sonderbares Winseln aus.

Amos und die anderen Zaubertiere beobachteten Karamel verblüfft und voll Bewunderung. Nachdem sie einmal ganz um den struppigen Hund herumgegangen war, sagte Karamel: »Klar, du könntest uns leicht in Fetzen reißen. Aber zu einem großen Helden macht dich das noch lange nicht. Höchstens zu einem Schinder, der Schwächere einschüchtert, eine Schande für deine Mutter und deinen Wurf, eine Schande für die ganze edle Rasse der Hunde.«

Der Kettenhund jaulte laut und ließ den Kopf hängen.

»Schämst du dich? Und ob du dich zu schämen hast! Wenn du auch nur den schwachen Wunsch verspürst, das wieder gutzumachen und die Liebe deiner braven Mutter zu verdienen, dann kann ich dir nur raten, klemm dir den Schwanz auf der Stelle zwischen die Beine, schleich dich heim, leck die Hand deines Herrn, und sei von nun an gehorsam und brav.«

Der Kettenhund machte kehrt und kroch davon, den Bauch fast auf dem Boden. Zweimal schaute er zurück, und jedesmal befahl ihm Karamel mit sanfter, aber strenger Stimme, sich davonzuscheren. Nach zwanzig Schritten war er im Schatten der kahlen und im Sturm sausenden Bäume verschwunden.

Karamel wandte sich an ihre Freunde und sagte: »Bitte vergebt ihm sein ruppiges Benehmen. Wer weiß, vielleicht ist er von einem bösen Herrn geprügelt worden oder von schlecht erzogenen Kindern gequält. Aber das, was er wirklich erleiden mußte, ist nicht im geringsten eine Entschuldigung für seine Grobheit.«

»Du warst überwältigend«, sagte Amos.

»Ich ziehe meinen Hut vor ihnen, tapfere Dame«, sagte der Gestiefelte Kater galant. Aber weil ihm sein Kavaliershut am Kopf festgenäht war, riß er sich fast selbst um und verlor das Gleichgewicht, als er mit einer eleganten Geste den Hut schwenken wollte.

Karamel blinzelte. »Was habt ihr denn?«

Einstein trat vor und stemmte die Stummelhände auf seine breiten Hüften. »Ich kann nur eins dazu sagen: Ich wäre richtig stolz, wenn du meine Mutter wärst«, sagte er bewundernd.

»Wenn sie deine Mutter wäre«, kicherte Hupf, »dann wärst du ein Hund und kein Elefant.«

»Um ihr Junges zu sein«, erwiderte Einstein, »würde ich wahrscheinlich selbst meinen Rüssel und meinen Traum von der Steppe aufgeben.«

»Abstammung ist eine interessante Sache«, bemerkte der Alte und stützte sich mit beiden Händen auf seinen Stock. »Wenn Karamel Einsteins Mutter wäre, dann wäre wahrscheinlich kein normaler Elefant aus ihm geworden, sondern ein Hundefant. Oder ein Elehund.«

»Wir haben einen Auftrag«, sagte Amos, um sie

wieder daran zu erinnern, »und wir haben keine Zeit zu vergeuden.«

Plötzlich erhob sich der Sturm wieder und heulte in den Bäumen.

»Mir nach!« rief Amos und verließ die Brükke, eilte den Gartenweg entlang auf die lehmige Landstraße zu, die zu der geteerten Autostraße führte.

Kurz nachdem Rex aus dem Keller geklettert war und nun durch das Schwingtürchen der Kohlenschütte in die Nacht hinauskroch, hörte er einen Hund bellen. Während sich die anderen Spielzeugfiguren hinter ihm durchzwängten, sagte Rex: »Ich wette, der hat unsere kleinen Freunde erwischt. Wenn wir den Hund finden, dann werden wir auch auf unsere Beute stoßen.«

Das Bellen brach jedoch ab, ehe sie es lokalisieren konnten. Doch das Heulen des Windes klang manchmal so wie das eines Hundes, so daß sie ein um das andere Mal in die falsche Richtung gelockt wurden.

»Stecherin!« sagte Rex schließlich. »Steig auf und such die Zaubertiere, und wenn du sie gefunden hast, komm wieder zu mir zurück und erstatte Bericht.«

Die Hornisse antwortete: »Summ-summ, ja-ja, zu-zu Befehl, summ-summ.« Ihre dünne, schrille Stimme klang so ähnlich wie der hohe Ton eines Zahnbohrers. Sie schwang sich mit einem wütenden Sirren ihrer Metallflügel in die sturmdurchtoste Nacht empor.

Viktor Liebmann bog von der Autostraße in die Landstraße ab, die zur Spielzeugfabrik führte. Ein paar welke Blätter wirbelten im Wind quer über die Fahrbahn, und das welke Gras zitterte im Luftzug. Von beiden Seiten streckten kahle alte Eichen die nackten Äste zueinander, so daß sie so etwas wie ein Kreuzgewölbe bildeten.

Isaaks Haus konnte er nicht sehen, doch es war ganz in der Nähe, und plötzlich empfand Viktor wieder tiefe Trauer. Er drosselte die Geschwindigkeit, denn es war ihm gar nicht mehr eilig, das Haus zu erreichen. Die Auflösung von Isaaks Haushalt würde ihn nur noch niedergeschlagener machen.

»Wenn du doch nur erwachsen geworden wärst«, murmelte Viktor, als ob ihn sein Onkel hören könnte. »Wenn du dich doch nur daran gewöhnt hättest, daß es in der Wirklichkeit keine Zauber gibt, keine Wunder ... Wenn du doch nur deinen kindlichen Glauben an das Gute in den Menschen abgelegt hättest ... Wenn du nur begriffen hättest, daß das Leben hart und grausam ist, dann hätten wir uns vielleicht nicht so entfremdet. Wir wären sicher vertrauter miteinander gewesen, mehr so, wie Onkel und Neffe verbunden sein sollten. Ach, Isaak, warum warst du nur so ein hoffnungsloser Träumer.«

Er rollte um die Kurve und sah sechs kleine Gestalten den Weg überqueren. Im ersten Augenblick hielt er sie für normale Tiere, eine Katzenfamilie oder Eichhörnchen oder Waschbären, aber dann riß er die Augen auf und schaute genauer hin. Es waren Spielzeugtiere. Spielzeugtiere!

Viktor erkannte einen Teddybären in einem blauen Pullover, einen Hund, ein Karnickel mit einer Weste. Er sah eine Katze in einem Kavalierskostüm. Einen Elefanten, der eine Hose mit Hosenträgern trug. Dann noch irgendein Geschöpf, das er nicht genau bestimmen konnte.

Die Spielzeugtiere erschraken und erstarrten. Das Heulen des Windes, der den Sturm ankündigte, hatte offenbar das Motorengeräusch übertönt.

Viktor trat auf die Bremse und starrte ungläubig durch die Windschutzscheibe.

Die Spielzeugsachen erwiderten seinen fassungslosen Blick.

Isaaks Spielzeugtiere. Da war jeder Zweifel ausgeschlossen. Viktor erinnerte sich von seinem letzten Besuch an den Teddybären. Und das undefinierbare Ding, das mit der langen Schnauze, hatte so lange in Isaaks Werkstatt gestanden, wie Viktor nur denken konnte. Isaak hatte sie seine Kinder genannt, seine Zaubertiere.

Der Elefant wandte sich zum Teddybären und schien ihm etwas zu sagen. Die anderen Spielsachen wandten sich auch dem Bären zu, als ob sie von ihm Rat erwarteten. Ich habe den Verstand verloren, dachte Viktor.

Der Katzenschwanz plusterte sich im Wind auf. Die Elefantenohren begannen probeweise zu flattern, wie Drachen, die den Luftzug prüfen. Der Bär schüttelte den Kopf und deutete den anderen Spielzeugtieren mit einer einzigen Armbewegung, ihm zu folgen. Sie rannten über die Straße in den Schatten der Bäume.

Der Donner rollte, und das Zickzack-Licht der Blitze enthüllte kurz die sich auftürmenden schwarzen Gewitterwolken. Das Unwetter mußte jeden Augenblick losbrechen.

Die Stecherin ließ sich aus dem Nachthimmel fallen, bremste in der Luft und blieb vor Rex schweben. »Summ-summ, so-so, hier entlang, hab' sie gefunden, summ-summ, hier entlang.« Wie ein Rudel hungriger Ratten schossen die Spielzeugfiguren quer über den welken Rasen, über die Brücke und den Gartenweg entlang.

Sie prallten auf einen großen schwarzbraunen Hund, der eine zerrissene Kette hinter sich herschleifte. Er war aus dem Gebüsch gesprungen, beäugte sie neugierig und schien sich dann mit ihnen anfreunden zu wollen. Er winselte, wedelte mit dem Schwanz, offenbar ganz versessen auf ihr Wohlwollen und ihre Anerkennung.

»Hau ab!« befahl Rex.

Der Hund schien ihn nicht zu verstehen. Er winselte wieder und wedelte noch heftiger mit dem Schwanz.

Die Plastikzigarette in Lissies Zigarettenhalter glühte plötzlich auf, obgleich sie kein Streichholz berührt hatte. Sie warf Rex einen verschlagenen Blick zu. Er nickte. Lissie lächelte und drückte dem Hund das glühende Zigarettenende auf die Pfote.

Der Kettenhund jaulte vor Schmerz und Schreck

laut auf. Da packte Eisenbeißer eines von seinen Ohren und riß kräftig daran.

Der Hund verdrehte die Augen, um zu sehen, was ihm da weh tat, und ließ sich dann auf die Hinterpfoten fallen. Eisenbeißer wurde umgerissen, ließ aber nicht locker.

Schratz kicherte hysterisch.

Rex trat vor den verstörten Hund, der sich auf alle viere fallen ließ und endlich Eisenbeißer abgeschlenkert hatte. Die Marionette drückte auf den Knopf in ihrem dünnen schwarzen Stock, so daß das Messer sichtbar wurde. »Geh uns aus dem Weg, du stinkender Köter!«

Im nächsten Augenblick machte die Stecherin mit ihrer nadelscharfen Lanze, die nun voll ausgefahren war, einen Sturzangriff auf den Hund und stach ihn in die rechte Flanke.

Das arme Tier heulte auf und ergriff schleunigst die Flucht.

»So entlang, so entlang.« Die Stecherin schwirrte unter den tiefhängenden Zweigen voraus und führte die Bande zu einem schmalen, schmutzigen Pfad, der ein kurzes Stück durch den Wald führte. Rex, Lissie und Eisenbeißer kamen mit dem unebenen Boden gut zurecht, nur der Schratz in der Kiste mußte sich auf dem Holperweg ziemlich anstrengen.

Als sie die Straße erreicht hatten, versteckten sie sich im Unkraut. Rex sah keine Spur mehr von den Zaubertieren, ganz in der Nähe hatte jedoch ein Auto angehalten, und ein großer dünner Mann stieg soeben aus.

Der Gestiefelte Kater mit dem Gummischwert in der Rechten war der letzte im Zug der Zaubertiere, der sich in der anderen Hälfte des Waldes bis zu einer schmalen Wiese durchschlug, an deren jenseitigem Ende die Autostraße begann. Der Gestiefelte Kater schaute sich immer wieder um und wünschte sich fast, daß eins von den bösen Spielsachen auftauchte, damit er sich endlich in ein anständiges Gefecht stürzen konnte. Den anderen war beklommen zumute, weil sie um die Gefahren der Wanderung in die Stadt wußten, er aber freute sich darauf. Der Gestiefelte Kater liebte Abwechslung und Aufregung. Er war der Bezwinger von uneinnehmbaren Festungsmauern, er sprang über Flüsse und Klüfte, seinem Degen hielt keiner stand. Vater Isaak, sein Schöpfer, hatte dem Gestiefelten Kater die Liebe zum Abenteuer mitgegeben, und jetzt brannte er auf die Abenteuer und Gefahren dieser Nacht.

Es behagte ihm jedoch ganz und gar nicht, daß sein Kostüm dabei dreckig wurde. Er hätte es sich auch niemals träumen lassen, daß ein Abenteuer so eine schmutzige Angelegenheit sein könnte. Schon jetzt waren seine Stiefel verstaubt und verschrammt. Es tröstete ihn zwar etwas, daß seine Gefährten nachts nicht so gut sehen konnten wie er, eine Katze, so daß ihnen der jämmerliche Zustand seiner Stiefel noch verborgen blieb. Aber irgendwie hatte er auch einen Fleck auf dem linken Hemdsärmel abbekommen. Welkes Gras und Laub klebten ihm an der Hose. Er sehnte sich danach, einen Augenblick stehenzubleiben und sich putzen zu können, aber Amos führte sie mit stetigem Schritt durch den Wald und über die offene Wiese.

Sie waren immer noch gut fünfzig Meter von der Autostraße entfernt, als der Himmel plötzlich in einer Reihe von blendenden Blitzen zu explodieren schien, Donnerschlag auf Donnerschlag folgte und endlich die Wolken ihren Regen herabströmen ließen. Das Gras wurde durch die Wucht des Wolkenbruchs wie glattgebügelt. Das Trommeln der Regentropfen war fast betäubend. Im Nu waren die Kleider des Gestiefelten Katers klatschnaß. Voll Schreck wurde ihm klar, daß sich der trockene Boden rasch in Schlamm verwandeln und sein prachtvolles Gewand im Laufe der langen Nacht unbeschreiblich verdrecken würde.

Der Gestiefelte Kater war vollkommen furchtlos, und es konnten ihn weder bekannte noch unbekannte Gefahren schrecken.

Ausgeburten der Hölle in Puppengestalt, wütende Hunde und andere Schurken ließen ihn völlig kalt. Aber daß sie ihn in nassen und schmutzigen Kleidern zu Gesicht bekamen, in einem regenschlappen Hut und mit Schlamm an den Stiefeln – das war fürchterlich.

Viktor Liebmann hatte eine Taschenlampe aus dem Handschuhfach seines Autos geholt und sich in den finsteren Wald gewagt, um nach den sechs Spielzeugtieren zu suchen, die im Licht seiner Scheinwerfer die Straße überquert hatten. Hie und da fand er eine Spur, die den Weg der kleinen Geschöpfe andeuten konnte – niedergetretenes Gras, geknickte Zweige, merkwürdige Fußspuren in der weichen Erde –, aber von den Tieren selbst war nichts mehr zu sehen.

»Du hast geträumt«, schalt sich Viktor aus, während er im Gebüsch herumstocherte. »Kneif dich in den Arm und wach auf.«

Er kniff sich wirklich, aber er wachte nicht auf. Er kniff sich noch einmal, stärker als vorher.

»Autsch!« sagte er. Das wiederholte er noch zweimal, denn er war ein dickköpfiger Mann. Dann begann der Wolkenbruch, und die kahlen Zweige boten ihm nicht viel Schutz. Im Handumdrehen war er naß bis auf die Knochen.

Zähneklappernd und niesend und mit dem Gefühl, sich lächerlich gemacht zu haben, kämpfte er sich zum Weg zurück, wo sein Wagen mit laufendem Motor und aufgeblendeten Lichtern auf ihn wartete. Als er auf die lehmige Fahrbahn trat, bildete er sich ein, er hätte aus dem Augenwinkel eine Bewegung wahrgenommen, etwas, was zehn Schritt entfernt in den flachen Straßengraben huschte. Er stürzte zu der Stelle, doch das Licht seiner Taschenlampe fiel nur auf etwas Regenwasser, das sich im Graben angesammelt hatte.

Er machte einen großen Schritt über die Pfütze und geriet in das Unkraut am Rande des Waldes. Dabei schwenkte der Strahl seiner Taschenlampe hin und her, und plötzlich erblickte Viktor etwas, was noch seltsamer als die sechs Spielzeugtiere war: einen Roboter, etwa einen halben Meter groß, mit heimtückischen gelben Augen, die gefährlich glitzerten, und einem gräßlichen Maul, das in einem schartigen, bösartigen Grinsen aufgeklappt war. Er stand halb verborgen hinter einem verwelkten Büschel Wolfsmilch und starrte angriffslustig zu Viktor hinauf. Dieser beugte sich vor und wollte den Roboter aufheben, doch der setzte sich schneller in Bewegung, als es Viktor für möglich gehalten hätte. Seine metallische Haut, von Regentropfen beperlt, glänzte im Licht der Taschenlampe. Die Gestalt huschte unter seinem Arm hindurch, geradewegs auf seine Füße zu, wo sie ihm mit beiden Stahlfäusten auf seiner linken Fußspitze herumzutrommeln begann. Er hätte sich nicht im Traum einfallen lassen, daß eine Spielzeugpuppe solche Kräfte besaß. Die Schläge waren fest und taten kräftig weh. Als Viktor verblüfft zurücktaumelte, spürte er, wie sich etwas an seinem rechten Hosenbein festkrallte. Er blickte hinunter und sah eine Marionette im Smoking – mit Zylinder, aber ohne Führungsschnüre –, die tückisch zu ihm emporgrinste.

Ich habe den Verstand verloren, dachte er. Ich bin verrückt. Vollkommen verrückt.

Die Marionette zerrte heftig an seiner Hose. Weil Viktor ohnehin aus dem Gleichgewicht war, wäre er fast gestürzt.

Eine zweite Marionette, ein vulgäres kleines Weibsstück im Tanzkleid der zwanziger Jahre, packte ihn am anderen Hosenbein und zog ihn heftig in ihre Richtung.

Viktor schlug nach der männlichen Marionette, dann nach der weiblichen, wobei er die Taschenlampe als Waffe benutzte. Er verfehlte sie alle beide.

Der Roboter drosch wieder auf Viktors Zehen los, und ein neuerliches Donnergrollen klang so mit den Faustschlägen der Blechpuppe zusammen, daß sie das gewaltige Getöse zu verursachen schien.

Viktor holte aus und trat dem kleinen Metallmann in die Seite. Da holperte plötzlich ein Schratz in der Kiste aus dem Unkraut. Krumm, wie verkrüppelt, mit einem Clownsgesicht und behandschuhten Pranken, mit denen er sich vorwärtsstieß. Er kicherte schrill, als ob er gleich einen Anfall bekäme, und kreischte: »Hol ihn runter! Mach ihn klein, so klein wie wir!«

Da brummte etwas in der nassen Nacht, und eine Spielzeughornisse von der Größe einer Bierdose schnarrte so dicht an Viktors Gesicht vorbei, daß er zurückzuckte. Im Licht der Taschenlampe erkannte er einen Stachel, der so groß wie ein Taschenmesser war. Im nächsten Augenblick wurde ihm klar, daß die Hornisse zum Sturzangriff auf ihn ansetzte, und er warf sich zu Boden, um ihrem Dolch zu entkommen. Er spürte, wie ihm das Insekt am Kopf vorbeischoß und sein Gesicht nur um einen Fingerbreit verfehlte. Schon als er auf den Boden knallte, begann er mit Händen und Füßen um sich zu schlagen und zu treten, um diese unheimlichen mörderischen Puppen zu verscheuchen.

Er hörte, wie eines dieser unmöglichen kleinen Geschöpfe sagte: »Laßt ihn liegen. Los, kommt! Die Zaubertiere werden zur Autostraße wollen, wir müssen sie aufhalten!«

Viktor trat weiter um sich, bis er erschöpft war. Als er schließlich mit schlaffen Gliedern dalag, erwartete er, wieder angegriffen zu werden. Aber der Roboter, die Marionetten, der Schratz in der Kiste und die Hornisse waren verschwunden. Er war allein mit dem Sturm und der Nacht.

Mit jagendem Herzen richtete er sich wieder auf. Er zitterte am ganzen Leib. Er hob seine Taschenlampe auf und ließ ihr Licht einmal im Kreise wandern.

Nichts.

Er schaute zum Wald hinüber, in dem die Puppen offensichtlich verschwunden waren, und er überlegte, ob er sie verfolgen sollte. Doch dann wandte er sich um und rannte zu seinem Wagen zurück, um sich in Sicherheit zu bringen, und verriegelte sofort alle Türen.

Dann saß er da, mitten auf der Fahrbahn, und starrte durch die regenblinde Windschutzscheibe auf den Ausschnitt der Straße und des Waldes, den seine Scheinwerfer beleuchteten. Er zitterte immer noch und konnte seine Glieder nicht beherrschen. Er zwickte sich wieder.

»Autsch!«

Noch mal. »Autsch!«

Er konnte sich das, was er gerade erlebt hatte, nicht erklären. Es paßte nicht zueinander. Er war ein Mann von Logik und Verstand, ein Mann, der mit Zahlen umging und sich auf Zahlen verließ. Er liebte seine Zahlen. Sie bereiteten ihm keine Überraschungen, sie hatten nichts mit Zauber und Magie zu tun. Er zog ein Leben ohne diese beiden unerklärlichen Mächte vor, und er hatte keine Ahnung, wie er zurechtkommen würde, wenn er sich eingestehen müßte, daß die Welt in Wirklichkeit mehr so war, wie Isaak sie immer gesehen hatte, und nicht im geringsten so zuverlässig geordnet und so logisch, wie Viktor es immer geglaubt hatte.

»Autsch!« Noch einmal gekniffen. »Autsch!« Nur noch einmal, ein letztes Mal. »Autsch!«

Einstein und die anderen Zaubertiere folgten Amos und erreichten heil und sicher eine Raststätte. Auf dem Dach des langen einstöckigen Gebäudes flimmerte eine Neonschrift in Orange und Rot: *Antons Rasthöhle. Benzin und Imbiß.* Diese leuchtenden Neonfarben spiegelten sich im nassen Asphalt und in den Pfützen. Und sie funkelten und zuckten so, als ob alles in Flammen stünde, ohne zu verbrennen.

An der Vorderseite von *Antons Rasthöhle* war viel los. Laster und Personenwagen bildeten vor den Zapfsäulen eine lange Schlange. Hinter der Tankstelle konnte man die großen Glasfenster der Gaststätte erkennen, die einen guten Ausblick auf die Straße und in die stürmische Nacht boten.

Aber an der Seite des Gebäudes, wo vierzig oder fünfzig große Lastwagen in Reih und Glied parkten, war es ruhig. Von Zeit zu Zeit kam ein neuer Lastzug an, und der Fahrer rannte so rasch wie möglich durch den Regen in das Lokal. Noch seltener kam ein Fahrer aus der Gaststätte, lief zu seinem Laster und bog mit donnernden Motoren in die Autobahn ein. Meistens lag der Parkplatz einsam und verlassen da, und nur der Regen prasselte aufs Pflaster.

Einstein und die anderen Zaubertiere folgten Amos um die Pfützen herum und durch den Widerschein des orangeroten Neonfeuers bis in die Finsternis unter einem der gigantischen Fahrzeuge. Hier waren sie vor Sturm und Regen geschützt. Durchnäßt und niedergeschlagen drängten sie sich zusammen, nur Einstein war wie immer frohgemut. Ihm machte das Unwetter überhaupt nichts aus, weil er von irgendwoher die Vorstellung hatte, daß Elefanten Wasser mochten. Ein afrikanischer Elefant watete gern faul im Fluß und aalte sich stundenlang in kühlen Tümpeln. Um ein richtiger kleiner Elefant zu werden, war Einstein oft mit zum Himmel gerecktem Gesicht durch den treibenden Regen gestapft und hatte das Gefühl genossen, wie ihm die Regentropfen aufs Plüschgesicht prasselten. Während seine Freunde einen Bogen um die tiefen Pfützen gemacht hatten, war Einstein quer hindurchgeplatscht, ohne sich um die erstaunten Blicke der anderen zu kümmern, und hatte vor Wohlbehagen leise trompetet.

Jetzt kuschelten sich Amos und Karamel, der Alte, Hupf und der Gestiefelte Kater erschöpft unter dem Laster zusammen und starrten in den Regen hinaus, der die Pfützen immer größer werden ließ. Einstein stapfte zwischen ihnen hin und her und versuchte sie aufzumuntern. »Gar nicht so schlimm, der Regen. Wir Elefanten haben das gern. Ausgezeichnet für die Haut. Hält den Rüssel geschmeidig und glatt.«

»Ich hab' aber keinen Rüssel«, sagte Hupf verdrossen.

»Das tut mir leid«, entgegnete Einstein. »Es sollte wirklich jeder einen haben.«

»Ich hab' nicht behauptet, daß ich einen wollte.«

»Na ja, aber das tust du natürlich. Wer will denn keinen Rüssel haben? Ein Rüssel ist etwas Schönes und Wunderbares. Also, wenn du immer schön brav bist, wer weiß, vielleicht wächst dir noch einer.«

Hupf musterte ihn mißtrauisch.

Einstein fuhr, von Mitleid für seinen rüssellosen Freund überwältigt, tröstend fort: »Aber du hast dafür so schöne große Ohren, die Form ist ganz anders als meine, aber groß sind sie auch, und Regen ist auch gut für die Ohren.«

»Was meinst du damit?« erkundigte sich Hupf. »Wer hat dir das gesagt, daß Regen gut ist?«

»Das hat mir niemand gesagt«, erwiderte Einstein, »das weiß ich einfach. Wir Elefanten sind nämlich immer im Einklang mit der Natur. Bären, wie Amos, verschnarchen ihr halbes Leben im Winterschlaf, und deshalb kriegen sie natürlich auch nicht so viel von der Natur mit wie wir Elefanten. Und Katzen, wie der Gestiefelte Kater, oder Hunde, wie Karamel, sind Haustiere, nicht mehr naturverbunden. Karnickel aber wohnen im unterirdischen Bau, und das bringt sie vielleicht in Einklang mit der Erde, aber nicht mit dem Regen. Ach, Regen! Wunderbarer Regen! Ihr solltet ihn wirklich genießen.«

»Schau doch, was er mit meinen Kleidern gemacht hat«, sagte der Gestiefelte Kater unglücklich, »alles pitschnaß und zerknittert, ein gräßlicher Zustand.«

»Deine Kleider werden wieder trocknen«, versicherte ihm Einstein.

»Aber schau dir den Schlamm auf meinen Stiefeln an!« jammerte der Gestiefelte Kater, halb erstickt vor Ekel.

»Schlamm kann man abwaschen«, bemerkte Einstein.

»Aber meine Hutkrempe! Hängt runter wie ein nasser Sack!« jammerte der Gestiefelte Kater weiter.

»So siehst du noch viel kühner und viel geheimnisvoller aus.«

Der Gestiefelte Kater blinzelte hoffnungsvoll. »Meinst du wirklich?«

»Nichts läßt einen Gestiefelten Kater so kühn und schneidig wirken wie eine Krempe, die seinen funkelnden Blick nur ahnen läßt«, versicherte ihm Einstein.

Der Gestiefelte Kater stieß einen tiefen Seufzer aus. »Ich hätte mir nie träumen lassen, daß es bei Abenteuern so dreckig zugeht.«

»Du hast wenigstens noch keine Gicht in den Gliedern wie ich«, sagte der Alte.

Nur Amos und Karamel beklagten sich nicht, obgleich sie genauso erschöpft waren und sich ebenso unbehaglich fühlten wie die anderen.

Einstein sagte: »Also, ich hätte wirklich Lust, mich in einer der Pfützen zu wälzen und ein richtiges Schlammbad zu nehmen.«

»Das wirst du nicht tun«, fuhr ihn Amos so heftig an, daß Einstein erschrak. »Wir haben uns schon von Viktor Liebmann sehen lassen. Das hätte nie und nimmer geschehen dürfen, denn kein Erwachsener darf uns zu sehen kriegen.«

»Das war aber nicht unsere Schuld«, wandte Karamel ein, »der Sturm hat so laut geheult, daß wir das Auto nicht haben hören können.«

»Ich hätte eben viel vorsichtiger sein müssen«, sagte Amos. »Ich bin schließlich euer Anführer, es ist meine Aufgabe, im voraus an Zwischenfälle zu denken und sie zu vermeiden. Ich fürchte, daß ich dieser Aufgabe nicht gewachsen bin.«

»Aber bis hierher sind wir noch recht gut gekommen«, sagte Karamel.

»Das ist nicht einmal ein Hundertstel der ganzen Strecke«, bemerkte Amos.

»Du wirst uns schon hinbringen«, sagte Karamel vertrauensvoll. »Was sollen wir als nächstes tun?«

Amos dachte einen Augenblick nach. Der Regen tropfte von allen Seiten des Lasters herab. Die Luft stank nach Benzin und Öl, denn über den Köpfen der Zaubertiere verliefen das Gestänge und die Leitungen des Motors.

Draußen auf der Autobahn plärrte eine Hupe.

Schließlich sagte Amos mit einer sehr viel fröhlicheren Stimme: »Mir ist gerade ein passendes Gedicht von Adam Riese eingefallen . . .«

Einstein stöhnte auf, und die anderen Zaubertiere stimmten ein, sogar Karamel.

»Nicht schon wieder Adam Riese«, flehte der Gestiefelte Kater.

»Mach meinetwegen einen Knoten in meine Löffel und häng mich dran auf«, sagte Hupf, »aber verschon uns mit dem Quatsch von Adam Riese.«

»Ich habe euch erklärt«, sagte Amos unbeirrt, »daß Adam Riese ein großer Dichter ist. In Vater Isaaks Bibliothek habe ich viele Bücher studiert, auch solche mit Gedichten. Ich weiß also über sowas Bescheid. Eines Tages gedenke ich selber Gedichte zu verfassen, und ich kann wirklich nur hoffen, daß ich auch nur halb so gut wie Adam Riese sein werde.«

Einstein sagte: »Jedesmal hältst du uns die gleiche Predigt, aber deshalb mag ich Adam Riese noch lange nicht.«

»Du bist vielleicht ein guter Elefant und weißt viel über die afrikanische Steppe und die Heilkraft des Regenwassers«, sagte Amos geduldig, »aber für die edleren Dinge des Lebens hast du deshalb doch kein Gefühl.«

»Fang an«, sagte Hupf, »sag uns das Riesengedicht auf, dann haben wir's hinter uns.«

Wieder rollte ein Lastzug auf den Parkplatz, und sie mußten warten, bis der Motorenlärm verstummt war. Da reckte sich Amos stolz in die Höhe, wölbte die Brust vor und sprach mit Hingabe und Leidenschaft die folgenden Verse:

»Wenn deine Puschen fadenscheinig sind,
zerlatscht und dünn und alt, mein Kind,
wenn deine Sohlen erste Blasen zeigen,
ist's Zeit, auf einen Wagen umzusteigen.«

»Puschen?« fragte Hupf. »Wie kann Riese ein großer Dichter sein, wenn er solche Wörter wie Puschen und zerlatscht benutzt?«

»Ein Dichter besitzt die Freiheit, die Wörter zu wählen, die er braucht«, erklärte Amos.

Ein heftiger Windstoß fuhr über den Parkplatz und heulte wie eine arme Seele.

Der Alte hob die Stimme, um das Getöse zu übertönen, und fragte: »Und du behauptest, daß dieser Adam Riese den Literaturnobelpreis bekommen hat?«

»Nun ja«, antwortete Amos, »ich weiß nicht ganz genau, ob es der Nobelpreis war, aber irgendwas Großes war es ganz bestimmt.«

»Nicht den Nobel-«, sagte Hupf, »den Simpelpreis.«

Der Gestiefelte Kater klagte: »Adam Rieses Reime klingen genauso wie mein Kostüm jetzt aussieht. Alles im Eimer. Einfach grauenhaft.«

Als sich der Wind wieder legte und das Heulen zu einem Pfeifen erstarb, fragte Einstein: »Gut, gut, aber inwiefern bezieht sich dieses Gedicht von Adam Riese auf unsere gegenwärtige Lage?«

»Das ist doch ganz klar«, antwortete Amos, »in die Stadt ist es noch weit, und wir alle sind völlig erschöpft, also brauchen wir Räder. Wir klettern in einen dieser Anhänger und lassen uns fahren.«

»Und woher sollen wir wissen, ob wir im richtigen Anhänger landen? Ob der in die Stadt fährt oder etwa in die entgegengesetzte Richtung?« fragte der Alte.

»Vater Isaak wird uns beschützen«, antwortete

Amos, »er wird uns nicht den falschen wählen lassen.«

Rex führte seine teuflische Bande durch ein Loch im Zaun auf einen Fußweg am Rande des Parkplatzes.

»Hier müssen sie irgendwo sein«, sagte er und musterte die geparkten Lastzüge, die in der dunklen Nacht wie schlafende Dinosaurier wirkten.

»Ja«, zischte Lissie, »und ob sie hier sind! Es stinkt hier geradezu nach ihrer Güte.«

»Ekelhaft, was?« fragte der Schratz.

Der Eisenbeißer knirschte mit seinen Metallkiefern und ließ die stählernen Handgelenke knacken. Die Stecherin surrte über ihnen im Kreis.

»Also auf! Raus und her mit ihnen!« rief Rex. »Wir wollen sie Glied für Glied zerreißen und zerrupfen und damit Kissen füllen.«

Nach stundenlanger Wanderschaft kam Zack in eine kleine Ortschaft, die über hundert Meilen südlich der Stadt lag. Diese Ortschaft war sehr alt. Die Gebäude bestanden aus Klinker und Backstein und stammten größtenteils aus dem 18. Jahrhundert. Zack wußte, daß die meisten Leute diesen Ort besonders reizvoll fanden, er aber haßte ihn. Er haßte alte, historische Häuser, teils weil ihn Geschichte langweilte, aber vor allem, weil es üblich war, alte Häuser schön zu finden, und Zack tat nie etwas, was von ihm erwartet wurde.

Neue Häuser mit kahlen Fronten und geraden Winkeln haßte er natürlich genauso. Das Gefängnis, in dem er die letzten fünfzehn Jahre zugebracht hatte, war ein modernes, sauberes Gebäude gewesen, bis zum letzten Winkel nützlich und zweckmäßig, und Zack haßte alles, was ihn an seine Strafe erinnerte.

Er war müde und naß bis auf die Knochen. Seine billigen Schuhe, die aus dem Gefängnis stammten, waren völlig durchweicht und begannen sich in den Nähten aufzulösen. Regen war ihm unter den Mantelkragen geronnen, so daß auch sein Hemd und seine Jacke klamm und feucht waren. Er fühlte sich schmutzig, klebrig und erschöpft. Er hätte sich ein Zimmer für die Nacht suchen können, aber irgend etwas zog ihn ins Zentrum des verschlafenen Städtchens.

Vier Straßen trafen sich beim Marktplatz, in dessen Mitte ein kleiner Park lag. Er hatte außer einem Stückchen winterbraunem Rasen und zugedeckten Blumenbeeten zwei mächtige Ahornbäume und einen großen Marmorbrunnen mit drei Schalen vorzuweisen. Der Brunnen war abgestellt, aber die Schalen flossen vom Regenwasser über. Auf der anderen Straßenseite reihte sich ein Geschäft ans andere: ein Antiquitätenladen, eine Eisdiele, ein Friseur, eine Drogerie, ein paar Boutiquen und ein Buchladen. Sie waren alle geschlossen und finster, bis auf die Lichter in den Schaufenstern.

Es gab auch eine kleine Bushaltestelle, und als Zack sie erblickte, wußte er plötzlich, daß es diese Haltestelle war, die ihn zum Marktplatz gezogen hatte. Ein merkwürdiges Gefühl ergriff von ihm Besitz. Fast als ob er hypnotisiert wäre, und so ging er hinüber, stieß die Tür auf und trat in das nackte Neonlicht.

Am anderen Ende des Warteraums saß ein einsamer Beamter hinter der Theke und las ein Taschenbuch. Aus einem Radio kam Musik aus den vierziger Jahren. Es tat Zack gut, wieder an einem warmen, trockenen Ort zu sein. Etwas blitzte auf dem Fußboden auf und erregte Zacks Aufmerksamkeit. Er schaute näher hin und sah einen Messingschlüssel auf den grünen Fliesen liegen. Er bückte sich, hob ihn auf und stellte fest, daß er eine Nummer trug.

Der Beamte schaute nicht von seinem Buch auf.

Zack hatte immer noch das merkwürdige Gefühl und bewegte sich wie eine Marionette an einer Gruppe von Holzbänken vorbei zu einer Wand mit Schließfächern. Er suchte das Schließfach, das dieselbe Nummer wie der Schlüssel trug, und machte es auf. Es enthielt einen einzigen Koffer. Er hatte das Gepäckstück noch niemals gesehen, aber es trug seine Initialen: Z. Z.

Er trug den Koffer in die Herrentoilette, stellte ihn auf die Ablage neben den Waschbecken und klappte ihn auf. Er war bis zum Rand voll von Geldscheinen. Sicher ein paar tausend Dollar.

»Was ist denn das?« stammelte Zack, so erschrocken, daß er in die Wirklichkeit zurückkehrte.

Eine sanfte, aber tiefe Stimme antwortete: »Das ist das Geld für den Kauf der Spielzeugfabrik.«

Zack fuhr zusammen und schaute sich um. Er war immer noch der einzige im hellerleuchteten

Raum der Herrentoilette. Nach ihm hatte sie kein anderer betreten.

»Schau in den Spiegel, Zack.«

Er wirbelte zum Waschbecken herum. Wo er sein eigenes Bild im altersfleckigen Spiegel hätte sehen müssen, erblickte er statt dessen ein Schattenantlitz, das fast nicht mehr menschlich zu nennen war.

»Die Spielzeugfabrik aus deinem Traum der vorigen Nacht«, sagt das Ungeheuer im Spiegel, »es ist deine Bestimmung, sie zu besitzen.«

»Warum?«

»Du wirst der neue Spielzeugmacher sein.«

Zack mußte das Wesen, das mit ihm sprach, nicht nach seinem Namen fragen. In seiner tiefsten Tiefe wußte er genau, um wen es sich handelte. Es war der Dunkle, der Herr des Bösen. Obgleich ihn Zack noch nie gesehen hatte, war er ihm immer nahe gewesen.

»Spielzeugmacher?« fragte er jetzt. »Aber ich hasse Spielsachen. Ich hasse Kinder.«

»Natürlich tust du das«, erwiderte die Fratze im Spiegel und grinste ihn an. »Darum ist es auch deine Bestimmung. Die Zeiten wandeln sich. Das Böse beginnt sich zu regen. In den kommenden Zeiten wird diese Fabrik und noch vieles andere in meine Hände fallen. Du wirst Spielzeug zum Verderben der Kinder machen, die es besitzen werden, Spielzeug, das jedem, in dessen Hände es fällt, Schmerz und Qual und Kummer bereitet. Du mußt noch in dieser Nacht in die Stadt fahren, ohne Verzug. Du wirst einen Mann treffen, der Viktor Liebmann heißt, und wirst ihm dieses Geld für seine Fabrik bieten. Er kann dem Anblick von Geld nicht widerstehen. Er ist auf Geld ganz versessen.«

Das Fratzengesicht verblaßte im Spiegel, und nach einer Weile konnte Zack sein eigenes Gesicht erkennen, das ihn bleich und mit weit aufgerissenen Augen anstarrte. Ein Spielzeugmacher würde er also werden, eine eigene Fabrik besitzen. Obgleich er nicht begriff, was seine Spielsachen Kindern schaden sollten, wußte er, daß dies wirklich seine Bestimmung war.

Zacharias Zack klappte mit klopfendem Herzen, aufgeregt und so dicht am Glück wie niemals zuvor, den Koffer zu, schleppte ihn zum Warteraum, ging zum Schalter und kaufte sich für den nächsten Bus in die Stadt eine Fahrkarte.

Große Stadt, kleine Besucher

Die Zaubertiere werden zur Autobahn wollen. Wir müssen sie aufhalten. Das hatte die Marionette im Smoking gesagt und den Roboter, die Hornisse und die anderen Spielsachen dazu veranlaßt, Viktor Liebmann in Ruhe zu lassen und statt dessen die Tiere zu verfolgen.

Viktor Liebmann lenkte den Wagen wieder nach Norden und fuhr in der Hoffnung, diese unglaublichen Geschöpfe noch einmal zu sehen, zur Hauptstraße zurück.

Er beugte sich weit über das Steuerrad und fuhr vorsichtig und langsam die Straße entlang, und er spähte dabei immer wieder aufmerksam zum regenverhangenen Waldrand hinüber. Er hoffte, einen Funken der gelben Glimmeraugen des Roboters zu erhaschen oder ein Huschen der Hornisse oder eine hastige Bewegung der Spielzeugtiere, die er als erste beim Überqueren des Weges im Licht seiner Scheinwerfer gesehen hatte.

Es war ihm klar, daß diese Wesen im Vergleich zu dem großen Wald winzig waren. Er wußte auch, daß er wohl kaum die Gelegenheit bekommen würde, einen zweiten Blick auf die Spielsachen zu werfen. Er konnte aber so rasch nicht aufgeben. Er hatte einen flüchtigen Eindruck von etwas Wunderbarem, etwas Magischem bekommen. Plötzlich war seine gesamte ordentliche und beherrschte Welt ins Schwanken geraten. Er mußte einfach wissen, was sie waren, woher sie kamen und welche Verbindung zwischen ihnen und seinem Onkel bestand.

Kurz darauf stieß er auf die Raststätte neben der Tankstelle. Das große orangerote Neonzeichen auf dem Dach – *Antons Rasthöhle. Benzin und Imbiß* – schien gewaltiger als das darunterliegende Gebäude zu sein. Der herabströmende Regen nahm die Farbe der Neonbuchstaben an und sah aus wie ein buntes Konfettigestöber.

Viktor bog in den Parkplatz ein, denn er wollte einen Augenblick in Ruhe nachdenken. Dabei fuhr er an zwei Lastzügen vorbei, die Richtung Autobahn starteten. Der erste war ein olivgrüner Militärtransporter, dessen Anhänger Holzwände und eine Segeltuchplane hatte. Sie war hinten an einer Seite lose und knatterte im Fahrtwind. Der zweite Lastwagen hatte einen langen offenen Anhänger, auf dem Stahlrohre gestapelt waren, die mit Ketten festgemacht waren.

Als der zweite Laster langsam und nur einen halben Meter entfernt von Viktor vorbeirollte, erschrak dieser, denn er sah die männliche Marionette, die sich an die Ladung klammerte. Sie stand auf einem Holzkeil und hielt sich mit der einen kleinen Hand an einer Kette und mit der anderen am Rande eines Stahlrohres fest. Sie lehnte sich weit seitlich heraus, um am Führerhaus des eigenen Lastzuges vorbei auf den Militärtransporter zu schauen. Der Regen rann der Marionette vom Zylinder. Der Lastwagen zog vorbei, und die Marionette entschwand Viktors Blick. Doch dafür sah er den Spielzeugroboter. Er steckte halb in einem der Stahlrohre. Er richtete seine boshaft glimmenden Augen auf Viktor, während sie aneinander vorbeifuhren. Nur das Autofenster trennte sie, ein Stückchen freie Luft und ein dünner neonbunter Regenschleier. Der Arm des Roboters fuhr zurück und klickte in einer Wurfbewegung wieder nach vorn. Ein kleiner Gegenstand, vielleicht ein Kieselstein, vielleicht ein Stückchen Holz oder Metall, knallte an das Seitenfenster, genau in Höhe von Viktors Gesicht. Er zuckte zurück. Die Scheibe bekam keinen Sprung.

Der Lastwagen bog jetzt auf die verregnete Autobahn ein und trug den Roboter und die Marionette und die anderen Spielsachen in den Sturm hinaus.

Viktor kniff sich wieder. »Autsch!«

Wie verrückt warf er sich aufs Lenkrad und wendete den Wagen.

Die Jagd hatte begonnen.

Nach allerlei Anstrengungen gelang es Amos und dem Gestiefelten Kater endlich, die lose Plane wieder festzuzurren. Wind und Regen waren nun ausgesperrt, und sie konnten sich mit den anderen Zaubertieren im Halbdunkel zusammenkuscheln.

Die Ladefläche des Militärfahrzeugs war nur zu drei Viertel mit dicken Ballen und olivgrünen Militärwolldecken beladen. Das einzige Licht war ein schwacher Schimmer, der durch ein kleines vergittertes Fenster aus dem Führerhaus auf den Anhänger fiel.

Die Zaubertiere hatten sich in einer flachen Lükke zwischen den Deckenballen eingerichtet, wo es so dunkel war, daß sie sich gegenseitig kaum sehen konnten. Falls der Fahrer oder sein Beifahrer zufällig durch das Gitterfenster blicken würden, konnten auch sie nichts erkennen.

Amos tat es leid, daß seine Freunde so naß und niedergeschlagen waren. Er begann sich aber an seine Rolle als ihr Führer zu gewöhnen, denn er hatte es geschafft, sie in den Lastwagen zu verfrachten, der in die Stadt fuhr. Er handelte so, wie es Vater Isaak von ihm erwartete. Stolz begann mit schwacher Flamme in ihm zu brennen.

Sie unterhielten sich nur gedämpft, obgleich das Dröhnen des Motors, das Heulen des Sturms und das Rauschen des Regens laut genug waren, um ihre Stimmen zu übertönen. Sie hatten noch nicht vergessen, wie sie sich aus Versehen von Vater Isaaks Neffen, von Viktor, hatten sehen lassen, und sie waren fest entschlossen, sich keinem anderen Erwachsenen, außer natürlich Martha Miller in ihrem Spielzeugladen, zu zeigen.

Zuerst schwatzten sie wie erfahrene Abenteurer, die sich an einem Erfolg ergötzen, über ihre Flucht aus der Spielzeugfabrik und ihre schreckliche Begegnung mit dem Kettenhund an der Brücke.

»Ich hab' dem Köter ganz schön Angst eingejagt«, sagte Hupf. »Habt ihr gesehen, wie er unter meinen Beschimpfungen zusammengezuckt ist?«

Amos wußte genau, daß Hupf nicht bei der Wahrheit blieb. Aber er fand, es könne ihnen nur guttun, wenn sie sich jetzt mehr Mut und Geistesgegenwart einredeten, als sie gezeigt hatten.

Hupf prahlte: »Wenn man so einen aufgeblasenen Kerl auf die Schippe nimmt, dann guckt er schön blöd aus der Wäsche, und schwups, hat er keine Macht mehr über dich.«

»Es kann schon wahr sein, daß man nicht mehr soviel Angst vor einem Straßenköter hat, wenn man über ihn lachen kann«, sagte Einstein und nickte und schwenkte den Rüssel. »Aber du hast diese Promenadenmischung nicht vertrieben, Hupf.«

»Und ob ich das getan habe«, sagte das Karnikkel. »Als ich mit ihm fertig war, hat er geschlottert und gewinselt.«

»Nein, liebes Kaninchen, da trügt dich deine Erinnerung«, sagte Einstein freundlich.

»Hat geschlottert und gewinselt.«

»Er hat sich höchstens über deinen Spott geärgert. Er hat gebellt und nach dir geschnappt, und du bist ihm mit einem gewaltigen Satz aus dem Wege gesprungen.«

Hupf runzelte die Stirn und sagte: »Aber er hat mindestens einmal gewinselt.«

»Nein«, entgegnete Einstein.

»Ich kann mich aber haargenau an einen Winsler erinnern«, sagte Hupf beharrlich.

»Das ist dein eigener gewesen«, erwiderte Einstein.

»Ganz bestimmt nicht«, widersprach Hupf.

»Doch.«

»Meiner?«

»Ja. Ich bin schließlich ein Elefant, und Elefanten vergessen niemals etwas. Du kannst dich darauf verlassen, daß ich mich besser an alles erinnere als du.«

»Ich bin dir sehr verbunden, daß du mich berichtigst«, sagte Hupf säuerlich. »Vielen Dank, wirklich, herzlichen Dank.«

»Bitte schön«, entgegnete Einstein und lächelte. Er merkte gar nicht, daß ihn das Karnickel verspottete.

Ein scharfer Windstoß traf die Ausstiegsklappe des Anhängers. Er ließ die Planen gegen das Holzgestell, an dem sie vertäut waren, schlagen und knattern.

»Ich habe den Feind in Angst und Schrecken versetzt und vertrieben«, sagte der Gestiefelte Kater. Er hatte den Zipfel einer Wolldecke aus einem der Ballen gezerrt und rieb sich damit die Schlammspritzer und die Unkrautreste von Kleid und Fell. »Wie ich verdreckt bin. Ich muß mich wirklich schämen. Katzen sollen immer sauber sein, ein gutes Beispiel für alle Tiere, die sich nicht so reinlich halten. Also, dieser dicke Köter hat jedenfalls mein Schwert gesehen und hat es schon mit der Angst zu tun bekommen. Oh, mein Gewand ist wirklich in einem unglaublichen Zustand. Ekelhaft. Bitte schaut mich nicht an. Schlagt eure Augen nieder und vergebt mir. Aber um noch einmal auf diesen Hund zurückzukommen, er hat meine Waffe gesehen und natürlich sofort begriffen, wie gut ich mit ihr umzugehen weiß und daß es mit ihm aus sein würde, wenn es zu einem Zweikampf käme.«

»Wirklich interessant«, bemerkte Einstein, »daß Kater auch kein viel besseres Erinnerungsvermögen als Karnickel haben. Denn du, mein lieber Gestiefelter Kater, wärst nicht einmal dazugekommen, den Degen auch nur zu zücken. Und selbst wenn du ihm damit vor der Nase herumgefuchtelt hättest, so wäre er kaum beeindruckt gewesen. Nein, Karamel war die einzige, die Heldenmut gezeigt hat.«

»Ich kann mich aber genau daran erinnern, daß der Köter gewinselt hat, als ich ihn so schrecklich verhöhnt habe«, sagte Hupf.

»Was du gehört haben magst«, warf der Alte ein, »war unser Gewinsel über deine faulen Späße.«

Ein oder zwei Minuten lang versanken sie in Schweigen und lauschten nur dem Regen und dem Singen der Räder auf der nassen Fahrbahn. Dann begann einer nach dem anderen davon zu sprechen, von dem sie einander schon hundertmal erzählt hatten: von ihren Träumen. Einstein sagte, daß er eines Tages nach Afrika heimkehren und seinen angestammten Platz unter echten Elefanten einnehmen wolle. »Ich kann mich schon sehen, wie ich majestätisch durch die Ebene streife und meine Herde zu saftigen Weiden und süßem Wasser führe.«

»Aber, Einstein«, wandte Karamel mit sanfter Stimme ein, »du grast doch gar nicht, und Wasser trinkst du auch nicht. Du bist ein ausgestopfter Spielzeugelefant.«

»Jaja, das bin ich wohl, aber das heißt doch nicht, daß ich keine anderen Elefanten zu frischem Gras und gutem Wasser führen kann.«

Der Alte sagte: »Echte Elefanten würden dich plattgetrampelt haben, ehe sie dich überhaupt bemerkten. Du bist doch nur einen halben Meter groß.«

»Vielleicht bin ich nur einen halben Meter groß«, sagte Einstein, »aber ich kann mich gut behaupten!«

»Nach Afrika will ich nicht«, sagte Amos und seufzte verträumt, »aber es würde mir schon gefallen, wenn ich eines Tages in einem hübschen kleinen Häuschen am Rande des Waldes wohnte und Gedichte schriebe, mit einer Gänsefeder. Adam Riese hat all seine Verse mit einer Feder –«

»Klingen aber eher, als ob er einen Schmiedehammer genommen hätte«, sagte Hupf.

Amos beachtete ihn gar nicht. »Wenn ich ein Häuschen hätte und eine Gänsefeder, dann würde ich sicher auch ein guter Dichter.«

»Was ich werden könnte, wenn ich 'ne Glückssträhne erwischte«, unterbrach ihn Hupf, »das ist ein echter Komiker. Hach, alle großen Bühnen würden sich um mich reißen. Ich wär' in allen Talkshows auf allen Kanälen. Wahrscheinlich hätte ich meine eigene Sendung. Und kaufte mir 'ne Riesenvilla direkt neben Mickymaus. Ein Star könnte ich sein.« Er lehnte sich an einen Ballen und faltete die Vorderpfoten hinter seinem Kopf. »Ja, ja, ich wär' das Komische Karnickel, es müßte mir nur jemand zum Durchbruch verhelfen.«

»An Ruhm bin ich nicht interessiert«, sagte der Gestiefelte Kater, »was ich sein möchte, was ich wirklich gerne wäre . . .«

»Das ist natürlich ein Elefant«, sagte Einstein, »jeder will insgeheim ein Elefant sein.«

»Nicht die Spur. Eine Katze«, widersprach ihm der Gestiefelte Kater.

»Katze? Aber du bist doch eine Katze«, entgegnete Einstein.

»Eine wirkliche Katze«, sagte der Gestiefelte Kater. »Meine ganze Sehnsucht besteht darin, eine echte Katze zu sein, weil echte Katzen ein ungeheuer aufregendes Leben leben und jeden Tag große Abenteuer bestehen müssen. Katzen sind die einzigen echten Schwadroneure der Natur. Und wenn ich eine echte Katze wäre, würde ich Mäuse jagen.«

»Jagen?« fragte Einstein, ehrlich entsetzt. »Was für eine widerwärtige Idee! Eklige kleine Biester, Mäuse. Du solltest ihnen aus dem Wege gehen, nicht hinter ihnen herjagen.« Der Elefant schüttelte sich.

»Mäuse jagen«, wiederholte der Gestiefelte Kater mit leiser Stimme und so verzückt von der Vorstellung, daß er für den Augenblick ganz und gar vergaß, sich weiter Fell und Kleid zu putzen. Er saß versunken da, starrte in die Ferne und dachte ganz offensichtlich nur an Mäuse.

»Was ist denn am Mäusejagen so fabelhaft?« fragte Hupf.

»Das kannst du nicht verstehen.«

»Warum denn nicht?«

»Weil du keine Katze bist«, antwortete der Gestiefelte Kater. Und plötzlich bemerkte er wieder, in was für einem Zustand sich seine Stiefel befanden, und fuhr fort, sie wild mit dem Deckenzipfel blank zu reiben.

»Also, Kater«, sagte Hupf, »wenn ich das Komische Karnickel bin, der große Kinostar, und in dieses Haus neben Mickymaus in Hollywood einziehe, dann kannst du mich aber nicht besuchen kommen, wenn du gleich anfängst, meinen Nachbarn zu jagen.«

Da hob Karamel ihren Kopf von den zusammengelegten Vorderpfoten, klappte die großen braunen Augen auf und zu und fragte: »Ich kann das alles nicht verstehen. Warum seid ihr denn nicht froh und glücklich, daß ihr Zaubertiere seid? Ist das denn nicht genug? Also, für mich reicht es aus. Ich finde es wunderbar, ein Zaubertier zu sein.«

»Die Dame ist immer die Stimme der Vernunft«, bemerkte der Alte, legte den Zeigefinger an seine lange Schnauze und musterte einen nach dem anderen. »Ihr wärt gut beraten, wenn ihr euch das hinter die Ohren schriebet, was sie eben gesagt hat.«

Karamel legt den Kopf wieder auf die Pfoten. »Ich muß aber gestehen, es tut mir manchmal leid, daß ich niemals einen Wurf kleiner Hündchen haben kann. Es würde mir Freude machen, sie zu nähren und großzuziehen.« Sie hob wieder den Kopf und sah gleichzeitig traurig und gefaßt aus. »Aber es kann nun einmal nicht sein. Und wenn ihr immer von dem träumt, was niemals sein kann, dann habt ihr gar keine Zeit, die Wunder und die Freuden wahrzunehmen, die zu eurem eigenen wirklichen Leben gehören.«

Da schwiegen sie alle still und dachten über das nach, was die Hündin gesagt hatte.

Amos wußte, wie weise diese Worte waren. Trotzdem hätte er nichts dagegen gehabt, wenn er plötzlich in einem Häuschen am Rande des Waldes wohnte, wo er mit einer Gänsefeder Gedichte schreiben könnte ...

Unterdessen war der Lastwagen stehengeblieben. Der Fahrer und sein Beifahrer kletterten aus dem Führerhaus und rannten durch den Regen davon.

Amos und der Gestiefelte Kater banden die Plane wieder los und halfen den anderen aus dem Anhänger.

Sie standen auf einem schwach beleuchteten großen Parkplatz hinter einem hohen siebenstöckigen Gebäude mit vielen beleuchteten Fenstern. Neben dem Eingang im Erdgeschoß waren Schilder angebracht: ARMEEKRANKENHAUS, PERSONALEINGANG, NOTAUFNAHME. Der Regen trommelte auf die Windschutzscheiben und die Dächer der geparkten Autos, sammelte sich in Pfützen und gurgelte in die Gullys. Es war jedoch nicht das weiße Krankenhaus, das Amos und den anderen Zaubertieren den Atem nahm. Was sie erschreckte, entzückte und betäubte, war die Stadt, von der das Krankenhaus umschlossen war. Überall ragten Gebäude in die Regennacht, so hoch und so gewaltig, daß es Amos schon beim Anblick kalt den Rücken hinablief. Und die Lichter! Überall Lichter. Mindestens eine Million hellerleuchteter Fenster türmten sich um sie herum. Höher und immer höher in die stürmische Nacht hinauf, bis sie im Nebel verschwanden.

Während sich Amos umdrehte und zum Himmel hinaufstarrte, hatte er das Gefühl, als ob sich die Spitzen der Hochhäuser um ihn herum zueinander neigten und sich dort oben in unvorstellbarer Ferne trafen. Ihm wurde ganz schwindlig. Er sehnte sich nach einer gemütlichen Höhle, in der er sich zusammenrollen und Winterschlaf halten konnte. Und wenn es schon keine Höhle war, dann wenigstens eine hübsche, saubere dunkle Spielzeugkiste.

Er kniff die Augen zu, ließ sich vom Regen etwas von der Anspannung abspülen und befahl sich, den Mut nicht zu verlieren.

»Ich hab' nicht gedacht, daß es so groß sein würde«, sagte Einstein mit zittriger Stimme. »Dies . . . dies hier muß größer als ganz Afrika sein. Größer als die Steppe!«

»Wenn man Talent hat, kann einem keine Stadt zu groß sein«, quäkte Hupf und versuchte, seine Stimme zuversichtlich klingen zu lassen. »Wenn mir hier wer zum Durchbruch verhelfen würde, eine Bühne, auf der ich loslegen kann, dann hätt' ich diese Stadt in einer Woche zu meinen Füßen. Ich wär' die Nummer eins in dieser Stadt. Das berühmteste Komische Kaninchen, das es jemals gab.«

»Du liebe Zeit«, sagte Karamel, »wie sollen wir in einer so großen Stadt jemals den Laden von Martha Miller finden?«

»Städte«, antwortete der Alte und deutete mit dem Stock zu den Wolkenkratzern hinauf, »sind in einer bestimmten Ordnung angelegt. Stimmt das, Amos?«

Amos riß die Augen auf, blinzelte die riesigen Gebäude an und murmelte: »Hmmm . . . ordentlich. Jawollja.«

»Es gibt ein System für die Straßen. Ein Muster«, fuhr der Alte fort. »Stimmt das nicht, Amos?«

»Hmmm . . . Muster . . . Jawollja.«

»Deshalb«, fuhr der Alte fort, »werden wir schon den richtigen Weg finden, wenn uns Amos führt.«

Hupf sagte aufgeregt: »Ja, los, führ uns schon, Chef. Führ uns aus diesem gräßlichen Regen raus und rein in Martha Millers gute Stube.«

Amos schaute nach links. Er schaute nach rechts. Er schaute nach vorn und nach hinten.

»Übernimm die Führung«, sagte Einstein.

»Also gut«, antwortete Amos. Er riß die Schultern zurück, wölbte die Brust vor und versuchte wie ein Anführer auszusehen. Er zeigte mit großer Bestimmtheit zum nördlichen Ende des Parkplatzes. »Da lang.« Mit flotten Schritten marschierte er zwischen den parkenden Autos hindurch, planschte ohne zu zögern quer durch die Pfützen, obgleich er keine Ahnung hatte, wohin er ging.

Als der Lastwagen vor den Toren einer Baufirma hielt, mußten Rex und seine Bande vom Anhänger springen. Die Straße war leer, bis auf ein langsam fahrendes Auto, einen Häuserblock von ihnen entfernt, und deshalb konnte sich Rex darauf verlassen, daß niemand gesehen hatte, wie er und die anderen vom Anhänger geglitten, unter ihm hindurch und im strömenden Regen in die nächste Einfahrt gelaufen waren.

Obgleich an beiden Enden der schmalen Gasse Straßenlampen brannten, war sie in der Mitte stockfinster. Die Spielzeugfiguren drängten sich in der tiefsten Schwärze zusammen, vor einer Reihe von Mistkübeln.

»Das ist schon besser«, krächzte der Schratz mit seiner kalten Flüsterstimme, die so klang, als ob der Sturm selbst mit ihr spräche, von Lippen aus Regen und mit einer Zunge aus Wind.

Er entfernte sich von den anderen und schlug in der Mitte der Gasse ein paar Kreise und Achter. Die Stahlräder seiner Kiste klapperten und quietschten auf dem nassen Pflaster, und als er mit Schwung durch eine Pfütze rollte, hinterließ er eine schmale Kielspur.

»Keine Felder mit Furchen mehr, keine holprigen Waldwege«, stellte er zufrieden fest. »Die ganze Stadt ist gepflastert und glatt von Teer und Beton und Kacheln und Steinen. Ah, das ist wie geschaffen für beräderte Wesen wie mich.« Kichernd surrte er auf die anderen Spielzeuge zu und bremste scharf vor Rex. »Wenn wir sie erst mal erwischt haben, dann können mir diese Zaubertiere mit ihren weichen Bälgern nicht entkommen, denn ich kann doppelt so schnell rollen, wie sie rennen können. Ich werd' sie für dich schnappen, Rex. Ich werd' sie für dich erwischen. Ich werd' sie überrollen.«

Die Stecherin hatte sich am Rande einer Mülltonne niedergelassen, aber Schratz' Aufregung hatte sich auf die Hornisse übertragen. Sie stieß sich ab, stieg fünf oder sechs Stockwerke steil nach oben, ließ sich wie in einem Sturzangriff wieder fallen, schoß hierhin und dahin und blieb schließlich vor Rex schweben. »Kannst du sie riechen, sisssisssiss?« fragte die Stecherin mit ihrer schrillen hohen Stimme. Die roten Augen glühten vor Bosheit. »Die Kinder? Sissssisssiss? Kannst du sie riechen, Rex?«

Rex hatte sie auch schon gewittert, und er spürte die fast unwiderstehliche Verführung dieses süßen und unschuldigen Duftes. Es wäre so leicht, die Feuerleiter des nächsten Wohnhauses hinaufzuklettern, ein Fenster aufzuschieben, hinter dem ein Kind im Schlafe lag . . .

»Tausende von Kindern sind um uns herum«, zischte die Stecherin. »Eine ganze Stadt voll von Kindern, die nur darauf warten, gestochen zu werden.«

»Ich kann sie auch riechen«, bestätigte Lissie. Sie hob ihren Zigarettenhalter, und die Spitze der Plastikzigarette glühte feuerrot auf. »Wir könnten für ewig in dieser Stadt leben, könnten uns tagsüber verstecken, nachts herauskriechen und uns einem Kind nach dem anderen an die Fersen heften, könnten Hunderte piesacken und quälen. Wir müßten keinen Mangel leiden.«

Eisenbeißer bewegte seine Stahlhände, als ob er ein Kind puffte und kniff. Seine gelben Augen glühten noch intensiver als die roten Augen der Hornisse. Er riß sein schartiges Metallmaul auf, klappte seine Kiefer auf und zu und sagte mit seiner eisernen Stimme: »Eisenbeißer will beißen und reißen. Eisenbeißer will Knochen brechen.«

Rex schüttelte heftig den Kopf, nicht nur, weil er ihren Wünschen nicht nachgeben durfte, sondern weil er sich auch den eigenen Kopf freihalten mußte von dem überwältigenden Drang, sich jetzt auf der Stelle ein Kind zu suchen und bis aufs Blut zu peinigen. »Nein, nein, nein! Wir werden alle Zeit der Welt haben, den Kindern das Leben zur Hölle zu machen, aber zuerst müssen wir die Zaubertiere fangen.«

»Jetzt, jetzt, jetzt!« drängte der Schratz.

»Nein! Wir dürfen uns nicht ablenken lassen. Zuerst müssen wir die Zaubertiere daran hindern, den Spielzeugladen von Martha Miller zu erreichen. Müssen sie daran hindern, ihr zu sagen, daß sie die erwählte neue Spielzeugmacherin ist. Wenn sie die Zaubertiere übernimmt, ehe wir die Firma in den Fingern haben, müssen wir wieder runter in das dunkle Gewölbe und in unseren Kisten schlafen, bis die nächste Generation vergangen ist. Wir würden die Verlierer sein.«

»Ich will nicht verlieren«, sagte Lissie.

»Verlust ist Verschwendung«, sagte Eisenbeißer mit seiner kreischenden Maschinenstimme.

»Ich hasse die Zaubertiere«, zischte der Schratz.

»Ich stech' sie, ich stech' sie«, sagte die Hornisse und vollführte Purzelbäume in der Luft.

»Zuerst die Zaubertiere«, sagte Rex mit strenger Stimme, »zuerst die Zaubertiere und danach die Kinder.« Daraufhin zupfte er sich seine schmutzige

Masche zurecht, glättete die seidenen Aufschläge seiner Smokingjacke, hob den schwarzen Spazierstock und deutete auf das jenseitige Ende der Gasse. »Zu unseren braven Engelchen mit den weichen Bäuchen geht's da lang!«

Er führte die Spielzeugfiguren von einem verlassenen Durchgang zum nächsten. Sie achteten darauf, sich nur in den Schatten zu bewegen, im Schutz der Nebelfetzen, die vom Boden aufzusteigen begannen. Als sie einmal eine größere Straße überqueren mußten, versteckten sie sich unter der Bank eines Wartehäuschens, bis kein Fahrzeug mehr zu sehen war. Auf der anderen Seite der breiten Straße benutzten sie die großen Briefkästen als Deckung. Nach zehn Minuten hatten sie den Parkplatz hinter dem Armeekrankenhaus erreicht. Dort fanden sie das Fahrzeug, in dem sich die Zaubertiere versteckt hatten.

»Und wohin jetzt?« fragte Lissie.

Rex warf den Kopf in die eine Richtung, dann in die andere und versuchte, die Stimme des Bösen zu vernehmen. Sein Herr und Meister ließ ihn nicht im Stich. Rex lauschte, lächelte schmal und befahl: »Quer über den Parkplatz und dann in diese Richtung, nach Norden.«

Falls ihn irgend jemand sehen sollte, hoffte Viktor Liebmann, daß er ihn für einen der vielen Stadtstreicher hielte. Er hatte seinen Wagen in der Nähe der Baufirma abgestellt, wo die Spielzeugfiguren vom Anhänger gesprungen waren. Es wäre ihm fast entgangen, wie sie sich in die Straße verdrückten.

Wenn er nicht so genau hingeschaut hätte, wären sie ihm sicher nicht aufgefallen. Von nun an verfolgte er sie zu Fuß. Er mußte ebenfalls darauf achten, von dem Grüppchen nicht gesehen zu werden, und deshalb huschte auch Viktor von einem Schattenfleck zum nächsten. Er versteckte sich hinter Abfalleimern und kroch auf allen vieren durch schmutzige Einfahrten. Er war vollkommen verblüfft und fassungslos über sein eigenes Benehmen. Er hatte sich immer für ruhig und ordentlich gehalten, auf seine Würde bedacht. Nicht einmal in seinen wildesten Fieberträumen war er so wie jetzt durch den Dreck gekrochen wie ein betrunkener Bettler. Aber er konnte gar nichts dagegen tun. Er hatte Dinge gesehen, die unmöglich waren, und er mußte jetzt wissen, was das alles bedeutete. In seinem ganzen erwachsenen Leben, und eigentlich auch in seiner Kindheit, hatte Viktors Vorstellungskraft einer verrosteten Maschine geglichen, alle Räder und Rädchen verklemmt und erstarrt. Doch plötzlich war Leben in die Maschine gekommen. Das Getriebe arbeitete, die Rädchen drehten sich und rissen ihn mit. Viktor hatte vollkommen die Kontrolle verloren. Seine Einbildungskraft raste und war nicht mehr zu stoppen.

Während er die schrecklichen Spielzeugfiguren durch die Gänge und Hintergassen verfolgte, von Versteck zu Versteck kroch und sprang, wurde seine Hose immer nasser und schmutziger. Sein Regenmantel bekam einen Riß. Müll blieb an ihm hängen. Als er durch den hellen Lichtkreis einer Straßenlaterne rannte, sah er, wie schmutzig seine

Hände waren. Sein Gesicht würde auch nicht viel sauberer sein.

Ich sehe wie ein Stromer aus, dachte er für einen Moment angeekelt, ich sehe wie ein zerlumpter verkommener alter Stromer aus.

Aber sein Aussehen war ihm gleichgültig. Wichtig war ihm nur, die Spur der Spielzeugfiguren nicht zu verlieren.

Doch genau das geschah auf dem Parkplatz des Armeekrankenhauses. Er kauerte hinter einem Ford und beobachtete, wie sich die Spielzeugfiguren im Schatten eines Militärtransporters versammelten. Aber dann wandten sie sich plötzlich nach Norden und verschwanden hinter den dichten Reihen der geparkten Autos. Viktor stürzte sofort hinterher, suchte eine Fahrzeugreihe nach der anderen nach ihnen ab, warf sich auf die Knie und spähte unter jedes zweite Auto, aber er konnte keine Spur von den Marionetten, dem Roboter, dem Schratz in der Kiste und der Hornisse entdecken.

Während er flach auf dem Boden lag und unter einen Chevrolet schaute, fragte eine Stimme: »Was suchen Sie denn? Geht es Ihnen nicht gut?«

Viktor rollte sich erschrocken herum und krabbelte auf die Füße.

Ein Mann unter einem großen schwarzen Schirm stand ganz in seiner Nähe. Viktor erkannte, daß der Fremde Arzt war, weil sein Regenmantel offenstand und die weiße Kleidung und ein Stethoskop enthüllte. »Fehlt Ihnen was?« fragte der Doktor abermals.

»Da war dieser Roboter«, antwortete Viktor, und

das Drängen in seiner Stimme verblüffte ihn selbst, »gelbe Augen und ein schartiges kleines Maul.«

Der Arzt runzelte die Stirn. »Roboter?«

»Haben Sie ihn gesehen? Ist er an Ihnen vorbeigegangen? Haben Sie gesehen, welchen Weg er genommen hat? Ein Roboter . . . Vielleicht sechzig oder siebzig Zentimeter groß.«

Der Arzt starrte ihn einen Augenblick lang an. Dann sagte er mit leiser, beruhigender Stimme: »Regen Sie sich nicht auf. Ich weiß über den kleinen Roboter Bescheid.«

»Wirklich?« fragte Viktor. »Wohin ist er gelaufen?«

»Diese kleinen Roboter können keinem Menschen was tun.«

»Das denken Sie! Mich hat er angegriffen!« versicherte ihm Viktor.

»Ruhig jetzt, ganz ruhig«, sagte der Arzt. »Die Roboter kommen in kleinen fliegenden Untertassen von einem fremden Planeten, und sie wollen unsere Freunde sein.«

»Ich meine es ernst!« rief Viktor empört. »Sie bilden sich ein, ich wäre ein verrückter alter Stromer, aber das bin ich nicht! Ein Spielzeugroboter. Und zwei Marionetten ohne Schnüre. Und ein Schratz in einer Kiste mit Rädern. Und eine fliegende Hornisse. Sie jagen hinter einer Handvoll Stofftieren her. Ich habe keine Ahnung, warum. Haben Sie sie gesehen oder nicht?«

Der Arzt schob sich dichter an ihn heran und antwortete: »Ja, ich hab' sie gesehen, zusammen mit einem Hampelmann. Sie haben mich hierher geschickt, damit ich Sie zu ihnen führe. Sie wollen mit Ihnen sprechen.«

Viktor fuhr zurück. »Seien Sie doch nicht albern! Ein Hampelmann war nicht dabei! Was für ein Quatsch. Sie bilden sich ein, ich hätte den Verstand verloren, und Sie wollen mich in Ihr Krankenhaus bringen. Hampelmann? Hören Sie, so blöd bin ich nicht, daß ich darauf reinfalle!« Er ließ den Arzt stehen und rannte zum entgegengesetzten Ende des Parkplatzes. Er hörte, wie der Mann hinter ihm herschrie, aber er drehte sich nicht um.

Der Sturm schlief einen Augenblick lang ein. Der Himmel wurde klar, und der Regen hörte auf.

Der Gestiefelte Kater hoffte, daß sein Hut schnell wieder trocknete und seine alte fesche Form nicht ganz verloren hätte.

Die Tiere standen mitten in einem langen Durchgang, im hellen Lichtschein einer nackten Birne, die in einem Drahtschutz über einer Holztür brannte. Als Amos seine Kameraden an den Rand dieses Lichtscheins geführt hatte, waren die Katzen aufgetaucht. Lebendige Katzen. Die erste hatte sich durch ein Zischen angekündigt und durch ein scharfes, herausforderndes Fauchen. Amos, der Alte und Karamel waren erschrocken zusammengefahren. Hupf reagierte blitzartig auf das Geräusch. Er wirbelte so rasch herum, daß ihm seine großen Hängeohren um den Kopf klatschten, quer übers Maul fuhren und nur ein einziges Auge frei ließen.

»Das muß ein Löwe sein«, flüsterte Einstein, »so wie in der Steppe.«

»Pfchchch!«

Die Katze saß über ihnen, auf der ersten Kehre einer eisernen Feuertreppe. Sie war groß, kohlenrabenpechschwarz, und ihre Augen funkelten. Ihr wütendes Fauchen verriet, daß sie wissen wollte, wer da unerlaubt in ihr Reich eingedrungen war.

Als ob der Schrei ihres Anführers sie herbeigerufen hätte, tauchten hinter einem überquellenden grünen Müllcontainer und einer leeren Holzkiste zwei weitere Katzen auf. Die eine war grau, die andere schwarzgelb getigert. Beide waren groß und struppig.

Der Gestiefelte Kater fühlte sich tief gedemütigt. Wenn er nicht ein ausgestopftes Spielzeugtier gewesen wäre und deshalb nicht erröten konnte, hätte er jetzt einen knallroten Kopf gehabt. Er trat vor und sagte: »Brüder, Landsmänner, verehrte Verwandte, bitte vergebt mir, daß ich euch in diesem Aufzug entgegentreten muß. Ich bin zutiefst beschämt. Aber wir kommen von weit her und haben große Gefahren bestanden. Und obgleich ich ständig bestrebt war, mich immer zu putzen, muß ich gestehen, daß es mir nicht ganz gelungen ist.«

Die Graue und die Getigerte hielten einen Katzensprung von ihm entfernt an. Sie kauerten sich hin, duckten den Kopf, zuckten mit der Schwanzspitze und hefteten ihre Blicke unverwandt auf den Gestiefelten Kater. Dieser fuhr fort: »Ich versichere euch, daß meine Stiefel meist Hochglanz zeigen. Daß meine Hose gebügelt und mein Hemd fleckenlos sauber ist. Auch mein Hut ist gewöhnlich nicht so durchnäßt und formlos und mein Fell auch niemals so schlammverkrustet.« Er musterte nachdenklich seine gespannt lauschenden Verwandten und schloß: »Alles in allem bin ich meistens noch viel besser gepflegt, als ihr es seid. Denn wenn ihr mir eine Bemerkung erlaubt, ein leuchtendes Beispiel für den Katzennachwuchs seid ihr ja gerade nicht.«

Alle drei Katzen, die eine oben auf der Eisenstiege und die beiden vor dem Gestiefelten Kater, fauchten wütend. Eine von ihnen begann, tief in der Kehle zu knurren und zu murren.

»Bitte faßt das nicht als Beleidigung auf«, sagte der Gestiefelte Kater schnell, »aber wir Katzen müssen schließlich in bezug auf unser Äußeres unserem edlen und hohen Ruf entsprechen.«

Hupf trat vor und sagte: »Hör mal, Kater Hamlet, diese Burschen sind Hinterhofkatzen, Räuber und Wegelagerer.«

»Nenn mich nicht Hamlet!« sagte der Gestiefelte Kater. »Sonst bind' ich dir die Löffel um die Läufe und roll' dich wie einen Reifen durch die Straße.«

»Vater Isaak –«

»Jaja, ich weiß«, sagte der Gestiefelte Kater. »Vater Isaak hat mich so genannt, weil ich auch so ein furchtloser Prinz bin und vor keinem Gespenst erschrecke. Aber Kater Hamlet hat nur Vater Isaak sagen dürfen. Keiner sonst. Kapiert?«

»Huch, was sind wir leicht beleidigt!« sagte Hupf.

Die Gassenkatzen knurrten und schoben sich einen und dann noch einen Schritt näher. Der Gestiefelte Kater bemerkte, daß an ihren Schnurrbarthaaren Müll und Abfall klebte, und war entsetzt.

Hinter ihm befahl Amos: »Alle nebeneinanderstellen. Einen Kreis bilden. Rücken nach innen. Seid darauf gefaßt, daß ihr euch verteidigen müßt.«

»Nein!« rief der Gestiefelte Kater und zog das Gummischwert. »Karamel ist mit dem gräßlichen Köter fertig geworden, der eine Schande für seine Rasse war, da werd' ich es doch wohl mit so ein paar Katzenkarikaturen aufnehmen können!« Er runzelte verächtlich die Nase: »Schaut sie euch doch an, wer weiß wie lange nicht geputzt! Müllfresser, unmanierliche Grobiane der schlimmsten Sorte.«

Die Tigerkatze machte einen Satz nach vorn.

Der Gestiefelte Kater klatschte ihr das Gummischwert auf die Nase. Die zerzauste Katze schrie, drehte sich um und zog sich erschrocken und vollkommen verstört zurück.

Die Schwarze auf der Feuertreppe fauchte wütend und kam geduckt die Eisentreppe heruntergestiegen.

»Also«, sagte Hupf, »vielleicht sind sie nur so fuchtig, weil sie im Dreck leben müssen. Arme Kerle, kein Zuhause, kein Fernsehapparat und keine Gelegenheit, jemals ins Kino zu kommen. Vielleicht fehlt ihnen nur ein bißchen erstklassige Unterhaltung. Vielleicht wären sie wie ausgewechselt, wenn sie nur ein paar Späße hören –«

Amos stürzte sich von hinten auf das Karnickel, packte es bei den Löffeln, wickelte sie ihm um die Schnauze und zerrte es zurück.

»Pfchchch!«

Da sprang die graue Katze vor.

Der Gestiefelte Kater wich geschmeidig nach links aus, und während die Katze an ihm vorbeisauste, zog er ihr den Degen mit der flachen Klinge über die Rippen.

Die graue Katze kreischte wütend. Doch da hatte die Getigerte wieder Mut gefaßt und griff den Gestiefelten Kater abermals an. Der Gestiefelte Kater machte einen Ausfall und fuchtelte ihr drohend mit dem Gummidegen vor der Nase herum.

Die Katze hielt inne, aber nur, um ihm eins mit der Pfote drüber zu wischen, was einen fingerlangen Riß in der Weste hinterließ.

»Du Schurke! Du gemeines Ungeheuer!« schrie der Gestiefelte Kater. »Du hast mein Kostüm zerfetzt, das wirst du teuer bezahlen!« Er stürzte sich auf den getigerten Kerl, drosch mit dem Gummidegen auf ihn ein und trieb ihn zurück. Doch da sprang ihn die Graue von hinten an und riß ihn um. Und die schwarze Katze, die die Feuerleiter heruntergekommen war, stürzte sich auch noch ins Getümmel. Zu viert rollten sie hin und her und fauchten und schrien und kreischten. Eine Kralle traf den Gestiefelten Kater mitten im Gesicht. Eins von seinen bemalten Glasaugen baumelte lose, und er konnte nur noch halb so gut sehen. Allmählich und sehr widerwillig mußte der Gestiefelte Kater zugeben, daß er einer ganzen Horde von Hinterhofkatzen nicht gewachsen war.

Ehe er jedoch um Hilfe rufen konnte, retteten ihn seine Freunde. Einstein trompetete mit einer

Stimme, die nur etwas weniger laut als die eines echten Elefanten klang, und stampfte mit seinen Stummelbeinen auf. Er brüllte: »Ein wilder Elefant! Ein wilder Elefant rennt Amok! Paßt auf, ihr räudigen Katzen, ein wilder Elefant ist ausgerissen und kommt hier durch! Wenn ihr nicht aufpaßt, werdet ihr plattgewalzt und niedergetreten. Platsch-platsch, quatsch-quatsch!«

Gleichzeitig watete Amos in das Katzenknäuel und schwang eine Holzlatte, die er neben der Kiste gefunden hatte. Der Gestiefelte Kater sah, daß Amos sein Holzschwert mehr wie einen Prügel benutzte, aber in diesem Augenblick kam es nicht auf den Fechtstil an, sondern nur aufs Überleben.

Zur gleichen Zeit ließ der Alte seinen Stock auf den Buckeln der Katzen tanzen, und Karamel bellte aus vollem Hals und warf sich ins Getümmel.

Schließlich tauchte Hupf aus dem tiefziehenden Nebeldunst auf, schwenkte die Arme und schrie: »Buga-buga-buga-buga!«

»Platsch-platsch, quatsch-quatsch!«

»Wau-wau-wuff-wuff!«

»Buga-buga-buga-buuga-buuuuuga!«

Die Hinterhofkatzen waren unerschrockene Räuber, aber mit so einer Horde von unberechenbaren Gegnern hatten sie es noch nie zu tun gehabt. Sie versuchten den Schlägen von Amos und dem Alten auszuweichen, waren jedoch durch das nervenzerfetzende Kriegsgeheul des Karnickels, das Hundegebell und das Elefantentrompeten so außer sich und verstört, daß sie die Flucht ergriffen.

Obgleich er unterdessen das eine Auge ganz und

gar verloren hatte, sprang der Gestiefelte Kater auf die Hinterbeine und erhob seinen Degen. »Ihr taugt höchstens als Ratten, aber nicht als Katzen, ihr feigen Fieslinge!« rief er hinter den drei Flüchtenden her.

»Buga-buga-buga!« setzte Hupf hinzu.

Zacharias Zack saß auf einer der Holzbänke und wartete auf den Bus, als der Schalterbeamte erschien und ihm zurief: »Ich hab' leider 'ne schlechte Nachricht, der Bus, auf den Sie warten, hat 'ne Panne gehabt. Wird drei Stunden dauern, bis der nächste kommt.«

»Drei Stunden?« fragte Zack gereizt.

»Tut mir leid«, sagte der Beamte und zuckte die Achseln. Aus der Unterhaltung mit dem Bösen im Spiegel hatte Zack den Eindruck gewonnen, daß er die Rolle des Spielzeugmachers so rasch wie möglich übernehmen sollte. Die Aufgabe duldete keinen Aufschub. Wie aber, fragte er sich, sollte er in dieser Nacht noch in die Stadt kommen, um die Fabrik zu kaufen?

Er schaute unruhig zum Fenster des Warteraums hinaus. Während er noch versuchte, draußen im Regen etwas genau zu erkennen, bog ein Bus um die Ecke. Er war schwarz und wirkte irgendwie sonderbar.

Das Geräusch der Bremsen ließ den Schalterbeamten von seinem Buch aufblicken. »Was ist denn das für eine Linie? Jetzt hab' ich doch keinen auf dem Fahrplan.«

Zack nahm den Koffer mit dem Geld und ging

zur Tür. Er spähte durch die regennassen Scheiben. Draußen öffneten sich die Türen des nachtschwarzen Busses, es stieg aber niemand aus. Zack wußte genau, daß diese Fahrt nur seinetwegen stattfand, daß der Bus von demselben geschickt worden war, den er im Spiegel gesehen hatte.

»Ist das ein Privatbus oder was?« fragte der Beamte.

Ohne zu antworten, stieß Zack die Tür auf, blieb einen Augenblick auf dem Fußweg im Regen stehen und schaute auf den Bus. Nur beim Fahrer brannte eine Lampe, sonst war es dunkel darin.

Zack ging zur offenen Tür, stieg die drei Metallstufen hinauf und stand dem Fahrer gegenüber. Der Mann war bleich und hatte eisige graue Augen. Er trug eine schwarze Uniform, ein schwarzes Hemd und eine schwarze Krawatte. Er nickte Zack zu und schloß die Türen.

Der Bus war vollkommen leer. Zack ging zu einer der mittleren Reihen und ließ sich auf einem Sitz am Fenster nieder, während der Bus die Fahrt aufnahm.

Sowie sie die Ortschaft hinter sich hatten und auf der Autobahn waren, fuhren sie sehr schnell, obwohl sich der Regen in Graupelschnee verwandelt und die Fahrbahn mit Eis überzogen hatte.

Die Zaubertiere konnten den bemalten Glasknopf, das linke Auge des Gestiefelten Katers, nicht wiederfinden. Er war auf der einen Seite etwas abgeflacht, so daß er nicht weit weg gekullert sein konnte. Sie schauten unter und hinter den grünen

Müllcontainern nach. Sie wühlten zwischen den großen Holzkisten herum und stöberten in jedem Abfallhaufen, aber der leuchtende Glasknopf war nirgendwo zu entdecken.

Der Gestiefelte Kater hatte keine Schmerzen, denn dazu fehlte ihm das Empfindungsvermögen. Gefühle konnte er sehr wohl verspüren, Furcht zum Beispiel oder Liebe, Freude und Trauer. Weil er aber nur ein ausgestopftes Spielzeugtier war, wurde er von Hitze, Kälte und anderen körperlichen Empfindungen kaum oder gar nicht belästigt. Sein Wahrnehmungsvermögen war natürlich beeinträchtigt. Er konnte nur noch mit seinem rechten Auge sehen, so daß er links eine blinde Seite hatte, was sich in künftigen Kämpfen als gefährlich erweisen konnte.

Was den Gestiefelten Kater jedoch am meisten bekümmerte, war sein Äußeres. Während sich seine Freunde um ihn scharten, warf er sich verzweifelt gegen den Müllcontainer, verbarg sein Gesicht und versuchte, so wenig wie möglich von sich zu zeigen. »Ach, schaut mich doch nur an. Nein, nein, schaut mich lieber gar nicht an! Ich bin in einem entsetzlichen Zustand. Klitschnaß, von oben bis unten verdreckt, und meine Hose ist in Fetzen. Und schaut euch doch nur diesen jämmerlichen Hut an! Nein, schaut ihn nicht an! Schaut nicht her! Wenn ihr nur ein wenig Mitgefühl habt, so starrt mich nicht so an. Ach, was ist aus mir geworden, ich kann mich ja kaum noch einen Kater nennen.«

»Mir kommst du prächtig vor«, sagte Amos.

»Schaust du mich etwa an?« fragte der Gestiefelte Kater, das Gesicht noch immer schamhaft hinter den Pfoten verborgen.

»Ich kann auch nichts Abstoßendes an dir sehen«, stimmte Einstein zu, »ein bißchen zerrauft, das schon, aber das wirkt eigentlich nur heldenhaft und nobel.«

»Schaust du mich etwa auch an?« jammerte der Gestiefelte Kater.

»Ich find' dich toll«, sagte Hupf, »toll und herrlich heldenhaft!«

»Umwerfend«, sagte der Alte.

»Ihr schaut mich ja alle an!« sagte der Gestiefelte Kater und trampelte verzweifelt mit den Füßen auf den Boden. Amos sagte: »Also bitte, mein Kater, jetzt quäl dich nicht so. Du bist weder für dich eine Schande noch für die Katzenschaft im allgemeinen. Und denk doch nur daran, wie Hamlet im letzten Akt ausgesehen hat!«

»Also . . . ich weiß nicht«, murmelte der Gestiefelte Kater, immer noch an den Container gelehnt.

»Na und vorher«, fuhr Amos fort, »nach all den Degengefechten, war er da etwa nicht verschwitzt und zerrauft, was meinst du?«

»Hmmhmm«, machte der Gestiefelte Kater nachdenklich. »Und trotzdem ist er weltberühmt geworden.«

Karamel sagte: »Katerchen, wir wollen alle so hübsch wie möglich aussehen, aber wirklich wichtig ist doch nur, was wir sind. Das Innere ist viel wichtiger als das Äußere. Und innen drin, da bist du ein guter Kater, vielleicht der beste Kater auf der Welt – tapfer, zuverlässig, ehrlich und treu. Und diese herrlichen Eigenschaften haben deine Freunde immer vor Augen, gleichgültig wie naß und schmutzig und zerfetzt du sein magst.«

Ganz langsam und verlegen drehte sich der Gestiefelte Kater um und schaute die anderen an, wobei er ihnen sein zerschlagenes einäugiges Gesicht zeigte. »Wie häßlich bin ich?« frage er mit Zitterstimme.

»Ach«, sagte Hupf, »ganz bestimmt so häßlich wie Cary Grant. Und ganz bestimmt so häßlich wie Clark Gable. Aber längst nicht so häßlich wie Douglas Fairbanks, bei weitem nicht!«

»Aber hör mal«, sagte der Gestiefelte Kater verwirrt, »die waren doch alle überhaupt nicht häßlich!«

»Genau! Genau, genau«, kicherte Hupf, »du bist eben nicht häßlicher als Gable oder Grant oder Fairbanks.«

Der Gestiefelte Kater blinzelte ihn mit seinem einen Auge mißtrauisch an. Dann musterte er einen seiner Freunde nach dem anderen. Seine schmutzige, abgerissene und einäugige Erscheinung schien sie weder abzustoßen noch zu erschrecken.

»Also jetzt, wo ich dich genau betrachten kann«, sagte Hupf und tat, als ob er sich herausputzte, »vielleicht bist du doch ein klitzekleines bißchen häßlicher als ich, aber schließlich – wer ist das nicht?«

Der Gestiefelte Kater lachte, und die anderen Tiere stimmten ein.

Hupf grinste übers ganze Gesicht und verkündete wie ein gelernter Bühnenkomiker: »Ihr wart ein wunderbares Publikum, Leute. Ich liebe euch. Ich liebe euch wirklich. Ich würd' euch am liebsten alle mit nach Hause nehmen. Ich liebe euch.«

Karamel war in dem Kampf ebenfalls verwundet worden. Ihre rechte Vorderpfote war zerschnitten, und aus dem Riß im Stoff quoll bei jedem Schritt etwas Füllung.

Amos wußte, daß es für ein Zaubertier lebensgefährlich war, wenn es zu viel von seiner Füllung verlor. Er hatte zwar keine Ahnung, was Karamel zustoßen würde, wenn der Verlust zu groß war, aber er wollte es gar nicht drauf ankommen lassen.

»Es geht schon«, sagte die Hündin sanft, »ich kann die Pfote schonen und mit den drei anderen laufen. Dann hinke ich zwar ein bißchen, aber ich komme gut voran. Und wenn mein Gewicht nicht mehr auf die Pfote drückt, dann kommt auch keine Füllung mehr raus.«

Amos schüttelte den Kopf. »Nein. Auf drei Beinen bist du zu langsam, da kannst du nicht mehr mit uns Schritt halten. Und wir müssen so schnell wie möglich den Laden von Martha Miller erreichen. Laß uns mal sehen, ob wir nichts finden, womit wir deine Wunde verbinden können.«

In einem Abfallhaufen entdeckten sie ein Lumpenbündel. Amos und Einstein rissen eines der Stoffstücke in lange Streifen. Mit den beiden längsten machten sie einen festen Verband um Karamels verwundete Vorderpfote, so daß keine Füllung mehr herausrieselte und die Hündin wieder ohne Hinken laufen konnte.

Vor geraumer Zeit hatte der Regen aufgehört. Jetzt aber goß es wieder wie aus Kübeln. Diesmal waren auch Schnee und Hagel dabei. Das Trommeln der kleinen, harten Eiskörner auf den Metalldeckeln der Müllbehälter und auf den eisernen Stufen der Feuerleiter klang fast wie eine Melodie.

Amos duckte sich und zog den pelzigen Kopf ein, um der Gewalt des Unwetters auszuweichen, und führte seine Freunde zum Ende der Hintergasse. Sie bewegten sich behutsam und um die Pfützen herum und bogen in die Hauptstraße ein, eine Einkaufsstraße mit vielen verschiedenen Läden.

Im Augenblick war dank der späten Stunde und des Regenwetters kein Mensch unterwegs. Amos warnte die anderen Tiere aber trotzdem eindringlich. Sie müßten immer auf dem Sprung sein, müßten sich im Nu verstecken, falls sie einen Wagen sahen oder, was weniger wahrscheinlich war, einen Fußgänger. Die versetzten Fronten der dunklen, verlassenen Geschäfte, an denen sie vorübergingen, boten ihnen genug Deckung.

Amos wußte immer noch nicht genau, wohin sie gingen, aber er begann zu spüren, daß der Weg ein Ziel besaß. Irgend etwas trieb ihn in eine bestimmte Richtung und führte ihn immer dichter an Martha Millers Spielzeugladen heran.

In einigen Geschäften brannte eine Nachtbeleuchtung. Von Zeit zu Zeit warf Amos einen Blick in die Höhe, um festzustellen, was in der Auslage angeboten wurde. Es mochte das achte oder zehnte Schaufenster sein, da blieb er nach diesem prüfenden Blick wie angewurzelt stehen, denn er sah Bücher. Bücher, Bücher, Hunderte von Büchern!

Amos war ein Bücherbär, liebte Gedichte und Dickens und war von dieser ersten Begegnung mit einem Buchladen vollkommen überwältigt. Er stürzte zum Fenster, das an der Seite so niedrig war, daß er die Nase und die Pfoten an das Glas pressen konnte.

Bücher!

Der Alte, der gelehrte Herr, folgte Amos zum Schaufenster. Er musterte die Bücher, die dort ausgestellt waren, mit großem Interesse. »Hmmm, aha, ein Laden mit antiquarischen Büchern. Recht nette Ausgaben. Das da drüben sieht aus wie eine Prachtausgabe von *Wind in den Weiden.*«

»Davon hab' ich noch nie was gehört«, sagte Amos kopfschüttelnd.

»Oh, eine hervorragende Geschichte«, bemerkte der Alte.

»Und wovon handelt sie?«

»Vor allem von Abenteuern und einer kühnen Kröte.«

»Kröte? Donnerwetter, über 'ne Kröte würde ich gerne mal ein Buch lesen.«

Die anderen Stofftiere, nicht so an Literatur interessiert, waren vorn geblieben und behielten die Straße im Auge.

»Pinocchio«, schwärmte der Alte, »handelt von einer Marionette, die lebendig wird.«

»Klingt auch nicht schlecht«, sagte Amos, »aber das Buch über die Kröte würde ich noch viel lieber lesen.«

»Und da: *Charlottes Netz.* Das handelt von einem Schwein, einer Spinne und einem kleinen Mädchen.«

»Keine Kröte?«

»Kröten können nicht in allen Büchern vorkommen«, antwortete der Alte.

Hupf gesellte sich zu ihnen und sagte: »He, Jungs, nicht so rumgetrödelt. Laßt uns lieber so rasch wie möglich weitergehen.«

»Bücher sind niemals Zeitverschwendung«, sagte Amos bedächtig.

»Weißt du denn nicht, was Adam Riese über Bücher sagt?«

Hupf, der Alte und die anderen Tiere stöhnten schon bei der bloßen Erwähnung von Adam Riese, aber Amos konnte nicht zurückgehalten werden. Er trat vom Schaufenster zurück, stellte sich mit weit gespreizten Beinen in Positur und sagte das Riesegedicht mit der gehörigen dramatischen Betonung auf:

»Bücher find' ich wirklich gut,
besser als ein Federhut,
besser als ein Malzbonbon,
besser als ein Topf aus Ton,
besser als ein Luftballon.
Darum sag' ich allen: hört her,
Bücher stecken voller Wörter . . .«

»Grauenhaft, einfach grauenhaft«, stöhnte Einstein, »schlimmer als mit hundert Mäusen in einem Zimmer eingesperrt zu sein.«

»Diesen Riese sollte man einsperren«, sagte

Hupf, »dagegen müßte die Poesie-Polizei mit aller Härte einschreiten können.«

»Kein einz'ger Tag soll drum vergehen,
ohn' daß wir nicht in Bücher sehn . . .«

»Hör auf«, flehte der Gestiefelte Kater, »bitte hör auf, ach, wenn ich doch nur das Glück gehabt und kein Auge verloren hätte, sondern ein Ohr, dann müßte ich nur die Hälfte davon hören.«

»So wichtig wie die Braut zur Trauung:
das Buch – für Lehre und Erbauung.«

»Er hört auf!« schrie Hupf. »Ich glaub', er ist fertig. Ich glaub', er ist durch. Gott sei Dank. Das Gedicht ist zu Ende.«

»Ich hab' gedacht, das würd' ich nicht mehr überleben«, sagte Einstein.

»Viel lebensgefährlicher als diese Hinterhofkatzen«, murmelte der Gestiefelte Kater.

»Ach«, sagte Karamel, »es hat sich ja schließlich ein bißchen gereimt.«

Bevor Amos zur Verteidigung der Dichtung von Adam Riese ansetzen konnte, bekam er einen Todesschreck. Denn eine Marionette im Smoking sauste aus einer Einfahrt heraus, die keine sechzig Schritt von ihnen entfernt war, und schlitterte auf dem glatten Asphalt noch ein Stück vorwärts.

»He, schau doch mal, Alter«, sagte Amos, »das ist Pinocchio!«

»Das glaub' ich nicht«, antwortete der Alte düster. »Pinocchio war eine gute Marionette, und die da sieht widerwärtig aus.«

Da tauchte noch eine Marionette in Frauenkleidern auf, dann ein furchteinflößendes Geschöpf in einer rollenden Kiste, eine fliegende Spielzeughornisse und ein Roboter. Sie scharten sich in der Einfahrt zusammen, die Hornisse schwirrte über ihren Köpfen herum, und alle starrten die Stofftiere an.

»Hmhm«, machte Hupf, »böse Kreaturen.«

»Was sollen wir tun?« fragte Karamel.

»Fechten!« rief der Gestiefelte Kater und zog seinen Degen.

»Es ihnen zeigen«, antwortete der Alte.

»Zerstampfen! Sie zerstampfen!« sagte Einstein.

»Es sie bedauern lassen, daß sie je geschaffen worden sind«, sagte Hupf. Sechzig Schritt von ihnen entfernt stieß der Schratz in der Kiste ein gellendes, irres Gelächter aus.

»Rennen!« befahl Amos.

»Ich versteh' allmählich, warum dich Vater Isaak zu unserem Anführer gemacht hat«, sagte Einstein.

Dann taten die Tiere, was Amos gesagt hatte, drehten sich um und liefen davon, so schnell sie nur konnten, wobei sie auf dem gefrierenden Schmutz ausglitten und rutschten.

Viktor rannte durch leere Gassen und durchquerte verlassene Straßen. Das Wetter war so schlecht, daß die Menschen zu Hause blieben, und die Stadt wirkte wie ausgestorben.

Immer noch auf der Suche nach den Spielsachen, marschierte er sogar kurz nach Mitternacht mitten auf der halbverschneiten Fahrbahn und musterte jede Einfahrt und jede schmale Gasse zwischen den Häusern auf beiden Seiten der Straße. Die einzigen Fahrzeuge, die er sah, waren zwei Lastwagen von der Stadtverwaltung, die auf den Kreuzungen Salz streuten, damit die gefährlich dünne Eisschicht schmolz.

Viktor fror und war müde. Die Füße taten ihm weh, und seine Handflächen brannten, weil er ein paarmal ausgerutscht war und sich beim Sturz die Hände aufgeschrammt hatte. Ihn fröstelte, als ob er Fieber hätte. Er sollte nach Hause gehen, heiß duschen, einen Teller Suppe essen, ein paar Aspirin schlucken und zu Bett gehen. Vielleicht hatte ihm schon eine Grippe in den Knochen gesteckt, als er zu der Spielzeugfabrik seines Onkels aufgebrochen war, und vielleicht war die Begegnung mit den Spielzeugtieren und den anderen Figuren nichts als ein Fiebertraum. Vielleicht gab es sie gar nicht.

Immer noch in tiefes Grübeln versunken, überquerte er die Straße, watete durch den eisigen Schneematsch im Rinnstein und bog in eine Seitengasse ein. Dort blieb er einen Augenblick stehen und ließ sich den Schneeregen auf den unbedeckten Kopf fallen. Glitzernde Eiskristalle rannen an seinem verknautschten und verdreckten Regenmantel herab.

»Geh nach Hause«, sagte er zu sich, »das war ein Anfall von Wahnsinn, aber wenn du jetzt auf der Stelle nach Hause gehst, muß es noch Hoffnung für dich geben. Es gibt auf der Welt keine Wunder, Viktor. Das hast du immer gewußt. Und es gibt keine lebendigen Spieltiere. Um Himmels willen! Das ist nur, weil du diese Spielzeugfabrik am Hals hast. Kaum hast du sie geerbt, da hat sie dich schon irgendwie verhext. Die Fabrik ist verhext – ja, so muß es sein, und jeder, dem sie gehört, ist verflucht, sich wie ein Kind zu benehmen, so wie der alte Isaak sein ganzes Leben lang und du in dieser Nacht. Du mußt jetzt nach Hause gehen, mußt dich ausruhen und dann die Fabrik so rasch wie möglich verkaufen, ehe sie dich mit ihrem Zauber so verhext, wie sie Isaak verhext hatte. Die Welt ist ohne Wunder, und das Leben ist hart und unerfreulich. Dementsprechend mußt du dich benehmen, erwachsen und verantwortungsbewußt, und zwar sofort.«

Amos schaute sich nach den bösen Spielsachen um und sah, daß sie näher kamen.

Die Hornisse war blind vor Mordlust und knallte genau gegen das Ladenschild des Buchladens, das über der Seitengasse hing. Das knallte wie ein Pistolenschuß, und die Hornisse fiel wie ein Stein aufs Pflaster.

Die anderen Spielsachen rannten an der Hornisse vorbei und dachten gar nicht daran, bei ihr anzuhalten und nachzusehen, wie schwer sie verletzt war. Der Schratz in der Kiste war seinen Spießgesellen weit voraus. Seine scharfkantigen Stahlräder schnitten sich durch das Glatteis, so daß er nicht ins Schlittern kam.

Amos warf emsig seine stämmigen Beine nach vorn und hinten, um noch schneller zu rennen. Er versuchte dabei, trotz der Dunkelheit der Nacht und den Wolken von Schnee einen Unterschlupf zu erspähen.

Eine halbe Minute später waren sie vor einer Feuerwache. Eine der großen Garagentüren stand offen. Drinnen warteten zwei große rote einsatzbereite Löschfahrzeuge neben einem leeren Platz, an dem ein dritter Wagen hätte stehen können. Das Licht in der Garage leuchtete warm und einladend.

»Rein!« rief Amos, und sie liefen durch die offene Garagentür und an den Löschwagen vorbei, wobei sie verzweifelt nach einem Versteck Ausschau hielten.

Sie wären fast direkt durch eine Türöffnung gestürzt, die die Garage mit dem Hinterzimmer der Feuerwehr verband. Sie standen schon fast auf der Schwelle, da hörten sie Stimmen und Gelächter, fuhren erschrocken zurück, und Amos sah im letzten Moment, daß sich lauter Feuerwehrleute in diesem Raum befanden und Karten spielten. Glücklicherweise blickte niemand zur Tür. Amos drückte sich zur Seite, und der Alte, Einstein, der Gestiefelte Kater und Karamel machten es ebenso.

Das Karnickel bildete sich jedoch ein, daß das Gelächter ihm gegolten hätte, es blieb glücklich grinsend mitten auf der Schwelle stehen, nahm eine komische Pose an, machte ein paar Faxen und verneigte sich tief, weil die Feuerwehrleute weiterlachten.

Amos packte Hupf, riß ihn in den Schatten und zischte: »Laß dich nicht sehen!«

»Sie wollen eine Zugabe«, sagte Hupf.

»Still!«

»Mein Publikum verlangt nach mir.«

Unterdessen war der Schratz in der Kiste vor der Feuerwehrstation angekommen, gab sich einen Stoß und bog aus der eisigen Nacht in die Garage ein.

»Wir sitzen in der Falle«, sagte der Alte leise.

»Schnell«, flüsterte Amos, »rauf auf den Löschwagen, ehe er uns sieht.«

Sie huschten hinter dem Fahrzeug auf die andere Seite, wo sie der Schratz in der Kiste nicht so leicht sehen konnte. Sie kletterten so lautlos wie möglich – Karamel und der Gestiefelte Kater sprangen mit einem einzigen Satz – auf das stählerne Trittbrett. Der Alte, Einstein und Hupf hockten hinten auf dem Wagen, der Gestiefelte Kater und Karamel auf einem kurzen Stück Trittbrett etwas weiter vorne, direkt hinter dem Vorderrad. Und Amos stand allein auf einem noch kürzeren Stück genau hinter der vorderen Stoßstange. Sie wollten noch höher klettern, sich hinter den Schläuchen und den anderen Gerätschaften verstecken, so daß sie überhaupt nicht mehr zu sehen waren. Aber da hörten sie schon die kreischenden, klappernden Räder des Schratz in der Kiste, der auf der Suche nach ihnen unter dem Feuerwehrwagen hindurchrollte. Sie wagten sich nicht mehr zu bewegen, denn sie hatten Angst, daß ihm auch das schwächste Geräusch ihren Standort verraten würde.

Die kleinen Räder klapperten nur noch leise und machten klicketi-klick, klicketi-klick.

Und dann begann der Schratz mit geisterhafter

Stimme unter dem Löschwagen zu wispern: »Hallo, hallo, ihr Weichbäuche. Wo steckt ihr denn? Kommt doch zum Spielen heraus. Kommt doch heraus und spielt mit dem lieben alten Schratz.«

Klicketi-klick, zisch, klicketi-klick.

Amos stand so still wie ein Baum und dachte mit aller Kraft an Vater Isaak.

»Kommt und sagt ihm guten Tag, dem lieben alten Schratz«, zischte der bösen Schatten unter dem Laster. Klicketi – zisch . . .

»Was ist denn los, ihr Weichbäuche? Habt ihr Angst, daß ich beiße?« zischte der Schratz mit einem leisen, irren Kichern. Klick – zisch – klick . . .

Direkt unter Amos rollte der Schratz unter dem Löschwagen hervor. Die Hinterseite des Kopfes war kaum eine Handbreit von Amos entfernt.

Der Schratz stieß sich mit seinen behandschuhten Händen noch ein oder zwei Schritte über den Zementboden vorwärts, der naß und spiegelglatt war vom Eisregen, den der Wind durchs offene Tor hereintrieb. Es schien also zwei Schratze in der Kiste zu geben, der eine rollte auf dem anderen, der auf dem Kopf stand.

Der Schratz hielt etwa zwei Schritte vor dem Löschzug an und schaute langsam nach links und dann ebenso langsam nach rechts, was Amos die Gelegenheit gab, sich sein schreckliches Gesicht genau und von beiden Seiten zu betrachten. Schratz starrte quer über den leeren Platz zu dem zweiten Feuerwehrauto und musterte die Schatten unter dem Fahrzeug und um die Räder herum genau und gründlich.

Amos wagte nicht einmal mit der Pfote zu zukken. Er hoffte verzweifelt, daß die anderen sich ebenfalls mucksmäuschenstill verhielten. Denn obgleich er nicht in ihre Richtung schaute, würde der Schratz sicher schon durch die leiseste Bewegung aufmerksam werden. Und dann war es aus mit ihnen.

»Oh, wie gerne, gerne, gerne hätte ich ein weichbäuchiges Zaubertier zum Fressen«, wisperte der Schratz mit einer schrecklichen Eindringlichkeit.

Amos konnte ein leichtes Zittern nicht unterdrücken.

Der Schratz schlug die Arme übereinander und kicherte leise. »Ach je, ach je, ich kann's einfach nicht mehr aushalten. Es regt mich richtig auf. Meister Bär, ich hab' dich schon in dem Augenblick gesehen, in dem ich unter dem Löschwagen herausgekommen bin.« Er wirbelte herum, um sie ins Auge zu fassen. »Ich hab' dein Spiegelbild auf dem Boden gesehen, als du dich vorgebeugt hast, um mir nachzusehen.«

Amos hatte noch nie in so entsetzliche Augen geblickt. Eine Pupille war groß und rot, die andere klein und grün. Beide Augen waren kugelrund und quollen mit irrem Blick aus dem Clownsgesicht.

Der Schratz kicherte wieder und rollte sich geradewegs zum Löschwagen, aber nicht zu Amos, sondern zu dem Mittelabschnitt des Trittbrettes, auf dem Gestiefelter Kater und Karamel hockten. »Hallo, ihr beiden Hübschen, warum hüpft ihr nicht herunter und tollt ein bißchen mit dem lieben alten Schratz herum?«

Der Gestiefelte Kater zog seinen Gummidegen und sagte: »Heb dich hinweg, du tückischer Teufel.«

Der Schratz grabschte nach der Spitze des Degens und versuchte, ihn dem Gestiefelten Kater aus der Pfote zu reißen. Der aber zog und zerrte energisch daran und schaffte es, seine Waffe festzuhalten.

Da ließ der Schratz plötzlich los und packte stattdessen die verletzte Pfote von Karamel. Seine Arme waren gerade lang genug, um sie zu erreichen.

Die Hündin jaulte auf, als er ihre Pfote umschloß, und versuchte, sich zu befreien, der Schratz war jedoch stärker. Im Hinterzimmer lachten die Feuerwehrleute wieder beim Kartenspiel auf, ahnungslos, daß sich in der Garage daneben ein merkwürdiges Drama abzuspielen begann. Amos wünschte, er könnte die Männer zu Hilfe rufen, aber er wußte, daß er den Blick der erwachsenen Menschen vermeiden mußte.

Der Gestiefelte Kater drosch mit seinem Gummidegen auf den Arm des Schratz' ein, ohne irgendeine Wirkung zu erzielen.

»Jetzt hol' ich dich runter und zieh' dich in meine Kiste, und dann mach' ich den Deckel zu, Hundchen«, zischte der Schratz zu Karamel empor, »zieh' dich hier rein zu mir, Hundchen, herein zu mir, wo es so finster ist wie die Nacht und tief, viel tiefer, als du denken kannst, und ich werde dich mit meinen hölzernen Zähnen zerknirschen und zerfleischen.«

Amos wollte gerade auf den Boden springen und sich auf den Schratz stürzen, wollte versuchen ihn umzustoßen, die Kiste zu kippen, da hörte er einen scharfen heiseren Schrei vom Garagentor her: »Packt sie. Zerstört sie.«

Als Amos aufblickte, sah er die männliche Marionette mit dem Mädchen und dem Roboter in der Einfahrt stehen. Die Hornisse war nirgendwo zu sehen.

Der Schratz ließ Karamel los und wandte sich an die Marionette im Smoking. Mit untertäniger Stimme flüsterte er: »Ich hab' sie entdeckt, Rex. Hier drüben, siehst du? Siehst du? Ich hab' sie für dich entdeckt. Ist das nicht gut, Rex? Bin ich nicht gut gewesen?«

Rex und seine Mörderbande waren zum Kampf bereit. Die gelben Augen des Roboters funkelten heller, und er knackte mit seinen bedrohlichen Eisenhänden. Die weibliche Marionette hob eine Zigarette, deren Spitze sofort feuerrot aufglühte. Rex schwang seinen Spazierstock, und an der Spitze klappte eine scharfe Klinge heraus. Das schreckliche Trio schob sich langsam in die Garage.

Rex schaute Amos direkt an und sagte: »Ihr seid am Ende. Jetzt bricht unsere Zeit an.«

»Da würd' ich nicht so sicher sein«, antwortete Amos tapfer. Aber er dachte: Wir sind verloren. Diese Kreaturen können wir nicht so leicht loswerden wie die Hinterhofkatzen.

Gebell klang hinter ihm auf. Einen Augenblick lang dachte Amos verstört, Karamel hätte sich eine neue und laute wütende Stimme zugelegt, als er sich aber umdrehte, sah er, daß aus dem Hinterzimmer, wo die Feuerwehrleute immer noch ahnungslos Karten spielten, ein wirklicher Hund in die Garage gesprungen war. Es war ein Dalmatiner, und er schien verstört zu sein. Er warf einen Blick auf die Zaubertiere, die sich auf die Trittbretter drückten, und da lächelte er fast, weil er spürte, daß sie freundliche Gesellen waren. Als er jedoch den Schratz wahrnahm und die anderen Spielzeugfiguren in der offenen Garagentür, da witterte er sofort, daß sie nicht viel besser waren als ein ganzes Nest voll Klapperschlangen.

»Sei ein braver Hund«, sagte Karamel, »denk an deine Mutter, sie soll stolz auf dich sein! Scheuch die bösen Kerle weg!«

Der Schratz kicherte und rollte quietschend zu dem Hund hinüber. »Weg mit dir, du blöde Töle. Einen von deiner Sorte haben wir heute nacht schon erledigt. Wenn du uns in die Quere kommst, machen wir Hackfleisch aus dir.«

Daraufhin warf sich der Dalmatiner mit einem mächtigen Satz auf den Schratz in der Kiste. Dieser erschrak, er war gewöhnt, daß alle guten Geschöpfe vor ihm zu zittern begannen und die Flucht ergriffen. Mit einem schrillen Angstschrei drehte er sich um, stieß sich ab und rollte zum offenen Tor.

Das soll uns eine Lehre sein, dachte Amos, der alles aufmerksam verfolgt hatte, vielleicht werden die bösen Spielsachen erst gefährlich, wenn man vor ihnen flieht. Und nicht, wenn man standhält.

Während der wütende Hund den Schratz durch die Halle hetzte, trat Rex vor und erhob seinen

Stock mit der blitzenden Klinge. Und der Roboter machte ein paar klirrende Schritte nach vorn und ließ seinen schartigen Unterkiefer auf- und zuklappen.

»Fleck«, rief einer der Feuerwehrleute aus dem Hinterzimmer, »was bellste denn da rum, Fleck?«

Fleck, der Dalmatiner, schlitterte über den Zementboden, bis er stand. Er zögerte, schaute flüchtig zur Tür des Hinterzimmers und warf sich dann wieder auf den Schratz, wobei er knurrte und bellte.

»Fleck!« rief der Feuerwehrmann, und jetzt klang seine Stimme näher als vorher. Er trat in die Garage, weil er wissen wollte, was seinen Hund so aufbrachte.

Die beiden Marionetten und der Roboter hatten schon gezögert, den Dalmatiner anzugreifen, und das Auftauchen des Feuerwehrmannes ließ sie vollends die Flucht ergreifen. Die bösen Spielzeugfiguren drehten sich um und verschwanden in den Eisschauern der Nacht, dicht gefolgt von dem Schratz und dem Hund aus der Feuerwehrstation.

Ein dunkelhaariger Feuerwehrmann mit einem Schnurrbart kam aus dem Hinterzimmer und betrat die Garage. Amos erstarrte sofort zu einem normalen ausgestopften Spielzeugtier, so leblos wie eine gekochte Rübe. Er hoffte, daß die anderen Zaubertiere es ebenso gemacht hatten. Der Feuerwehrmann polterte an ihnen vorbei, ohne auch nur im geringsten zu bemerken, was für eine sonderbare Ansammlung von Spielzeugtieren auf den Trittbrettern des Löschwagens saß. Der Mann verschwand in der Nacht und rief nach seinem Hund.

»Rasch!« befahl Amos. »Unter den Löschwagen. Verstecken!«

Die Zaubertiere sprangen, kletterten und hangelten sich herab. Sie huschten in das Dunkel unter dem großen Fahrzeug und schlossen sich zu einem engen Kreis zusammen, um sich gegenseitig Hoffnung und Mut zu machen.

»Was meint ihr«, flüsterte Einstein, »sind diese anderen Spielsachen aus dem Gewölbe unter dem Keller, wie du uns neulich erzählt hast, Alter?«

»Tja«, sagte Hupf, »also, die idealen Weihnachtsgeschenke für Kinder sind sie gerade nicht.«

»Stammen aus dem Gewölbe, ganz ohne Zweifel«, sagte der Alte, »die letzten Produkte des vorigen Eigentümers, dem vor Vater Isaak. Böses Spielzeug.«

»Wenn wir von denen verfolgt werden«, sagte der Gestiefelte Kater, »dann verspricht unsere Reise zu Martha Millers Spielzeugladen ja ein echtes Abenteuer zu werden.«

»Da brauchste gar nicht so zu grinsen«, sagte Hupf und runzelte besorgt die Stirn. »Du bist ja vielleicht so ein Säbelrassler, aber ich halte davon gar nichts. Ich bin nur ein komisches Karnickel, und wenn diese Typen mich erwischen, dann ist es aus mit meiner großen Zukunft, und ich werde nie ein Star. Also, mir kommen die gefährlicher vor als ein Rudel Kritiker aus Hollywood.«

»Sind die so gefährlich?« fragte Karamel.

Hupf zuckte die Schultern. »Keine Ahnung. Ich hab' das mal wen im Fernsehen sagen hören, und das war ein Lacherfolg.«

»Psst«, warnte Amos, »da kommt jemand.«

Der Feuerwehrmann mit dem Schnurrbart kehrte mit dem Dalmatiner zurück. An beiden rann schmelzender Schnee herab. Der Mann drückte auf einen Knopf, und die Garagentür rollte herunter.

O nein, dachte Amos, wie sollen wir jetzt nur rauskommen?

»Über was haste dich denn so aufgeregt, Fleck?« Der Feuerwehrmann beugte sich nieder, um seinen Hund zu streicheln und zu klopfen. »So wild hab' ich dich noch nie bellen gehört. Wirste dich jetzt wieder anständig benehmen?«

Der Dalmatiner rollte sich auf dem Boden zusammen, legte den Kopf auf die Pfoten und winselte schwach, als ob er sich entschuldigen wollte.

Nachdem der Feuerwehrmann zu seinen Kameraden und dem Kartenspiel zurückgekehrt war, erhob sich Fleck, tappte zum Feuerwehrwagen und betrachtete die Zaubertiere, die sich zusammendrängten. Er hustete freundlich und grinste sie an.

»Braver Hund«, sagte Karamel, »du machst deinem Wurf Ehre und auch dem Namen deiner Mutter.«

Der Dalmatiner schien sie zu verstehen. Er warf sich auf den Bauch, zwängte sich unter das Löschfahrzeug, stupste jedes der sechs Zaubertiere mit der Nase an und beschnupperte sie nacheinander gründlich.

»Und was, wenn er findet, daß wir ein gutes Frissifrassi sind?« fragte Hupf.

»Fleck ist ein netter Hund«, erwiderte Karamel ungeduldig.

»Mich wird er schon nicht fressen«, sagte Einstein zuversichtlich, während er die Inspektion des Hundes über sich ergehen ließ. »Hunde fressen keine Elefanten . . . Wenigstens meistens nicht . . . Hab' ich mal gehört.«

»Aber echte Hunde fressen Karnickel«, sagte Hupf.

»Und haben auch nichts gegen einen guten Happen Katze dann und wann«, bemerkte der Gestiefelte Kater, während der Dalmatiner ihm seine Aufmerksamkeit zuwandte.

»Was für ein albernes Gerede«, sagte Amos.

»Du hast leicht lachen«, sagte Hupf, »Hunde fressen bestimmt keine Bären, noch weniger als Elefanten.«

»Einen Elefanten fressen – so dumm wär' kein Hund«, sagte Einstein unbehaglich. »Was ihm allein die Stoßzähne für Bauchschmerzen machen würden.«

»Ich bin fest davon überzeugt, daß Fleck Vegetarier ist«, sagte Amos, um die Ängste seiner Freunde zu beschwichtigen.

»Außerdem«, fuhr der Alte fort, »hab' ich noch nie von einem Hund gehört, der ein Tier fressen würde, das aus Stoff besteht, ein paar Lederflekken und einer Baumwollfüllung.«

»Er ist ein netter Hund«, wiederholte Karamel, und als sie der Dalmatiner beschnupperte, legte sie ihre gesunde Vorderpfote auf seine so viel größere.

Amos wurde als letzter von dem Hund untersucht. Während er beschnüffelt wurde, sagte er: »Hör zu, mein Junge, wir müssen hier raus und weiter. Ehe morgen die Sonne aufgeht, müssen wir noch ein ziemlich wichtiges Geschäft erledigt haben. Kannst du uns einen Ausweg zeigen? Hm? Weißt du, wie man hier rauskommt, wenn die großen Türen geschlossen sind?«

Hupf flüsterte: »Da gibt's was, was du wissen mußt, Amos.«

»Was denn?«

»Echte Hunde können nicht reden.«

»Das hab' ich schon gewußt«, antwortete Amos, »aber vielleicht kann er mich verstehen. Den Feuerwehrmann scheint er ja auch irgendwie verstanden zu haben, also warum dann nicht mich. Kannst du uns zeigen, wie's hier rausgeht, mein Junge? Hm? Kannst du uns hier raushelfen, damit wir weiterkönnen?«

Fleck starrte Amos eine Zeitlang in die Augen. Dann krabbelte er wieder unter dem Löschwagen hervor und lief quer durch die Garage. Er blieb stehen und schaute zu ihnen zurück, als ob er fragen wollte, warum sie ihm nicht folgten.

»Kommt mit«, befahl Amos, »wollen mal sehen, wohin er läuft.«

Fleck führte sie aus der Garage heraus, durch einen Flur und zur Hintertür der Feuerwache. Sie hatte eine Hundetür mit einer Klappe, die gerade groß genug für den Dalmatiner war. Er quetschte sich hindurch, und die Zaubertiere folgten ihm auf einen eingezäunten Hof hinter der Feuerwache.

Auf dem welken Gras glitzerte der Reif. An manchen Stellen blieb der Schnee liegen, und die engen Maschen des Zaunes überzogen sich allmählich mit einer dünnen Eisschicht.

Fleck führte sie zu einem finsteren Winkel ganz hinten unter einer kahlen Eiche. Dort begann er wie besessen, die halbgefrorene Erde wegzuscharren, daß die Brocken nur so flogen, bis er einen Durchschlupf unter dem Zaun zustandegebracht hatte.

»Ich hab' euch doch gesagt, daß er ein netter Hund ist«, sagte Karamel, »und auch schlau, sehr schlau.«

Fleck keuchte beseligt. Amos betrachtete den Dalmatiner mit Stirnrunzeln und sagte dann: »Merkwürdig, eben hatte ich das Gefühl, als ob Vater Isaak ganz in der Nähe wäre.«

Der Dalmatiner zwinkerte ihm zu und grinste noch breiter.

»Los, los«, drängte Hupf, »bevor diese gräßlichen Typen wieder auftauchen.«

Das Karnickel zwängte sich unter dem Zaun durch, und Karamel, der Alte, der Gestiefelte Kater und Einstein folgten ihm. Auf der anderen Seite des Zauns erstreckte sich ein vereister Durchgang.

Amos ging als letzter. Als er drüben war, blieb er stehen und schaute durch das Maschengitter dem Dalmatiner ein letztesmal in die Augen. Er suchte nach irgendeinem Zeichen, das ihm sein Gefühl bestätigte. Doch der Dalmatiner lachte nur

Karamel an, die sich noch einmal freundlich bei ihm bedankte.

»Besten Dank, besten Dank auch von mir«, sagte Hupf und war mit einem Satz neben Karamel. »Später, wenn ich das berühmte Komische Karnikkel geworden bin, komm' ich wieder hierher und bring' dir ein oder zwei Tricks bei, dann kannst du mit mir zusammen im Fernsehen auftreten. In meiner eigenen Show.«

»Los jetzt«, befahl Amos, »ich hab' das Gefühl, daß diese Kreaturen irgendwo in der Gegend sind und uns auflauern.«

Die Zaubertiere eilten den dunklen Gang entlang. Amos schaute ein paarmal zurück. Der Dalmatiner stand ruhig am Zaun und beobachtete sie.

Zu viele Abenteuer

Mitten in der Stadt lag ein großer Park mit vielen Bäumen und sanften Wiesen. Amos fühlte sich von dieser ruhigen Insel angezogen, und irgendwie wußte er, daß er die Zaubertiere quer über dieses offene Gelände führen mußte, um zum Spielzeugladen von Martha Miller zu kommen.

»Nicht ganz so schön wie die Steppe«, sagte Einstein beim Anblick des Parks, »aber auch ganz ordentlich.«

Immer noch fiel Schnee, mit Hagel und Regen vermischt. Eine dünne Eisschicht überzog die kahlen schwarzen Zweige der Bäume, jedes Grashälmchen des winterbraunen Rasens war steifgefroren. Die Fußwege waren an manchen Stellen eisig und glatt, und an den eisernen schwarzen Lampen begannen Eiszapfen zu wachsen. Nachdem die Zaubertiere unaufhörlich ausgerutscht und hingefallen waren und sich gegen den heulenden Sturm vorwärtsgekämpft hatten, ruhten sie sich in einem kleinen Pavillon aus, der am Fußweg stand. Der Wind pfiff zwar durch die Ritzen, aber vor dem Schnee waren sie einigermaßen geschützt.

Hinter dem Pavillon verlief ein sehr hoher Zaun

aus eisernen Stäben. Dahinter konnte man die Umrisse eines großen Gebäudes erkennen, fast unsichtbar in der Nacht und im Schneegestöber. Amos bemerkte es, schenkte ihm aber keine besondere Aufmerksamkeit.

Die Zaubertiere waren teilweise von Eis verkrustet. Sie begannen es wieder von sich abzulösen, wie ein Trupp kleiner pelziger Ritter, die sich von ihrer Rüstung befreiten. Hupf sagte: »Ich kann wirklich nicht kapieren, warum der neue Spielzeugmacher nicht ein bißchen dichter neben Vater Isaak wohnen kann. Da hätten wir's sehr viel bequemer gehabt.«

»Dies ist eine edle Aufgabe«, sagte der Alte, »und jeder weiß, daß zu einer edlen Aufgabe Gefahren und Schwierigkeiten gehören.«

»Und warum muß es immer Schwierigkeiten geben?« fragte Amos.

Der Alte dachte einen Augenblick darüber nach, und dann legte er den Zeigefinger an die lange Schnauze. »Vielleicht weil sich alles, was zu leicht ist, nicht lohnt. Vielleicht weil uns eine schwere Aufgabe erst richtig herausfordert und zeigt, was in uns steckt. Wieviel Gutes und Starkes.«

»Wieso?« fragte Amos.

»Naja – weil uns die Gefahren und die Schwierigkeiten zeigen, daß wir nicht so leicht aufgeben dürfen. Daß wir Festigkeit, Schweiß und Geduld brauchen, wenn wir was erreichen wollen.«

»Und wir Zaubertiere sind entschlossen und geduldig«, bemerkte Karamel, »aber keiner von uns kann schwitzen.«

»Na, Gott sei Dank!« rief der Gestiefelte Kater. »Stell dir nur vor, in was für einem Zustand ich dann wäre, nicht nur klitschnaß und dreckig und abgerissen, sondern auch noch stinkig von Schweiß.« Er schüttelte sich.

»Hrks«, machte Hupf.

Amos war so beschäftigt, sich das Eis von den Stummelbeinen zu klopfen, daß er gar nicht zum Karnickel hinüberschaute. »Was hast du gesagt, Hupf?«

»Hrks.«

»Was willst du damit sagen?«

»Hrks, hrks, hrks«, hustete Hupf.

»Hrks«, gurgelte Karamel.

»Zweimal hrks«, sagte der Gestiefelte Kater, und selbst der Alte keuchte: »Hrks!« Da hörte Amos schließlich auf, seine Beine vom Eis zu befreien und drehte sich um, um festzustellen, weshalb sich alle so komisch benahmen.

Offensichtlich gab es in dem Park auch einen Zoologischen Garten. Denn hinter dem hohen Zaun stand ein echter, lebendiger Elefant, der aus dem unbeleuchteten Schuppen herausgekommen sein mußte, den Amos schon vorhin wahrgenommen hatte.

Er war nicht nur das größte Geschöpf, das Amos jemals gesehen hatte, sondern noch viel, viel größer, als er sich selbst in seinen kühnsten Träumen einen Elefanten vorgestellt hatte. Jedes seiner Ohren war so groß wie ein Armeezelt. Seine Stoßzähne waren so lang und dick wie kleine Bäume. Von Amos' Standpunkt aus wirkte der runzlige Rüssel wie eine endlose Freitreppe, die zu seinen Mammutbrauen hinaufführte.

Da sagte auch Amos: »Hrks.«

»Wir sind vollkommen sicher«, sagte der Alte, »davon bin ich fest überzeugt. Ja, ja. Ganz sicher. Diese eisernen Stangen werden ihn zurückhalten.«

»Der sieht mir so aus, als ob er sie wie nichts zerbrechen könnte«, sagte der Gestiefelte Kater.

»Im Handumdrehen«, flüsterte Karamel.

»Und uns dann zerstampft«, setzte Hupf hinzu. »So, wie das Elefanten machen. Platsch-quatsch, platsch-quatsch, das haben wir von Einstein gelernt.«

Einstein aber, die Augen vor Staunen weit aufgerissen, ging langsam auf das Gitter zu: »Er denkt gar nicht daran, jemanden zerstampfen zu wollen. Er ist freundlich.«

Amos starrte zu dem kleinen, neugierigen Auge des Riesen empor, von Runzeln umrahmt und leuchtend vor uralter Weisheit. Einstein mochte recht haben. Dies war ein freundlicher Geselle.

Hupf aber ließ sich nicht so leicht überzeugen. »Freundlich? Wieso kannst du das wissen?«

»Weil . . . Weil ich ihn mag«, erwiderte Einstein, »wir sind Brüder, er und ich. Wir teilen die lange, stolze Geschichte unserer Art.«

Der echte Elefant wiegte sich leicht von einer Seite zur anderen und neigte sein gewaltiges Haupt, als ob er Einstein zustimmen wollte.

»Ich bin sicher, daß er einst draußen in der freien Steppe gelebt hat«, fuhr Einstein fort, und seine Stimme bebte vor Ehrfurcht. »Unter den Sternen hat er gelebt, über die Ebenen ist er gestreift, sein Partner ihm zur Seite – ihr müßt nämlich wissen, wir wählen uns einen einzigen für das ganze Leben, und die Herde ist den beiden treu und respektvoll gefolgt. Oh, schaut ihn euch an, wie groß und gewaltig er ist, wie schön und wie edel!«

Der riesige Rüssel des Elefanten kräuselte sich zwischen zwei Gitterstäben hindurch und rollte zum kleinen Einstein hinüber. Einstein trat vor und berührte die lebendige Rüsselspitze seines großen Vetters mit der eigenen zarten und kleinen. Sie standen ganz still da, jeder im Anblick des anderen versunken, verbunden in elefanteneinsamer Einheit.

Jetzt hatten auch Amos und die anderen Zaubertiere keine Angst mehr, sondern scharten sich um Einstein und schauten, prickelnd vor Erregung, zu dem Zooelefanten empor.

Karamel sagte: »Wenn ich dieses Geschöpf sehe, dann kann ich mir ungefähr vorstellen, wie sich die Menschen fühlen, wenn sie zufällig ein Zaubertier erblicken.«

Amos begriff, was Karamel meinte. Er sagte: »Die Welt ist voller Zauber – nicht nur unsere, sondern auch die ganz alltägliche Welt der Menschen. Denk doch nur an Blumen oder an Spinnweben oder an diesen erhabenen Elefanten.«

»Der Jammer ist nur«, sagte der Alte, »als wie selbstverständlich die meisten Menschen solche Wunder betrachten, wenn sie ihnen überhaupt auffallen. Dabei ist das alles viel wundersamer als der geheime Zauber, der in den Dingen steckt, zum Beispiel in uns.«

»Einstein«, sagte der Gestiefelte Kater und legte seinem Freund eine Pfote auf die Schulter, »wenn ich die Macht dazu hätte, würde ich dich in einen echten und großen Elefanten wie diesen verwandeln und würde dich in die Steppe schicken, damit sich deine Träume erfüllen. Ich kann jetzt verstehen, warum du dich nach so einem Leben sehnst.«

Hupf legte seine Pfote auf Einsteins andere Schulter und versprach: »Ich werde auch keine Witze mehr über deine Schlauchnase reißen und auch nicht über deine Schlapperohren.«

»Danke schön, Hupf«, sagte Einstein leise.

»Aber deine Hosenträger werd' ich doch schon hie und da mal knallen lassen«, setzte Hupf hinzu, »und auch mal ein Mausewitzchen machen.«

»Das ist nur gerecht«, entgegnete Einstein.

Einen Augenblick schauten sie alle schweigend zu dem stolzen Riesen empor, dann sagte Amos: »Das erinnert mich an ein Gedicht von Adam Riese . . .«

Selbst der Elefant schien in das Stöhnen einzustimmen.

Der schwarze Bus raste durch die Sturmnacht. Nicht einmal das heimtückische Eis auf der Fahrbahn konnte ihn bremsen. Als sie die Stadtgrenze erreichten, hatte der totenblasse Fahrer in seiner schwarzen Uniform noch kein einziges Wort an Zacharias Zack gerichtet. Er hob nur von Zeit zu Zeit die eisgrauen Augen zum Rückspiegel, in dem er das ganze Innere des Busses überblicken konnte. Er studierte Zack jedesmal eindringlich, blieb aber stumm. Manchmal erwiderte Zack den merkwürdig starren Blick des Fahrers, aber meistens hielt er den Kopf abgewandt. Als sie in die Straßen der Stadt einbogen, ging mit dem Busfenster vor Zacks Nase eine seltsame Veränderung vor. Sein blasses Gesicht begann zu verschwimmen, verzerrte sich und verschwand. Statt dessen erschien ein anderes Antlitz, ein verschattetes, unbestimmtes, aber eindeutig nicht das eines menschlichen Wesens. Es war dasselbe Antlitz, das Zack im Toilettenspiegel der Busstation gesehen hatte.

»Jetzt dauert es nicht mehr lange«, sagte der Dunkle, »dann wird sich dein Schicksal erfüllen. Nicht mehr lange, dann wirst du die Spielzeugfabrik kaufen und ihr neuer Spielzeugmacher sein.«

Zack lächelte. Die meisten kriminellen Typen seiner Art hätten nur an das verlockende Geld im Koffer gedacht. Sie hätten Pläne gemacht, wie sie es behalten könnten, obgleich es dem Bösen gehörte und sicher nicht leicht gestohlen werden konnte. Es war genug Geld, um lange in Luxus zu leben. Solche Gedanken hegte Zack jedoch gar nicht. Das Geld war ihm gleichgültig. Er träumte nur davon, Zauberspielzeug herzustellen, das Kindern mehr Angst und Unglück bereiten konnte. Diese gemeinen Gedanken erregten ihn, und er sagte zu dem Antlitz: »Danke für diese herrlichen Aussichten.«

Das Antlitz verzog sich zu einem Lächeln, und obwohl es nur ein Reflex im Glas war, konnte Zack den schrecklichen Schwefelatem riechen. Dann verschwand das Antlitz, und sein eigenes mattes Spiegelbild ersetzte wieder das seines höllischen Herrn.

Rex führte Lissie, Eisenbeißer und den Schratz einen gewundenen Fußweg entlang in den Park bis unter die kahlen Bäume, deren letztes welkes Laub im Wind raschelte. »Hier müssen sie sein«, sagte Rex, »hier irgendwo im Park. Nicht sehr weit entfernt. Diesmal werden wir sie erwischen.«

»Zerreißen«, sagte Eisenbeißer.

»Verbrennen«, zischte Lissie.

»Mit meinen scharfen hölzernen Zähnen zerfetzen«, sagte der Schratz in der Kiste.

Plötzlich schwirrte die Stecherin aus dem nächtlichen Schneegestöber und blieb vor ihnen schweben. Sie hatte sich von dem Zusammenstoß mit dem Schild des Buchladens wieder erholt, ihre beiden Fühler waren etwas verbogen. »Ssso lang, hier langsss«, summte die Hornisse aufgeregt, »ich hab' sie gesssehen. Hier langsss zu den Zaubertieren.«

Viktor Liebmann rettete sich schließlich doch aus dem Unwetter in ein Straßencafé, das die ganze Nacht offen hatte. Herinnen war es warm und behaglich, es duftete nach Kaffee, Spiegeleiern und Speck. Die Theke, die Tische und Stühle und die blauen Kunststoffnischen blitzten vor Sauberkeit.

Als Viktor eingetreten war, hatten ihn die beiden Serviererinnen angestarrt, als ob sie ihm mitteilen wollten, daß abgerissene Bettler hier keinen Zutritt hatten. Doch dann hatte er den schmutzigen und zerrissenen Regenmantel ausgezogen, und weil seine übrige Kleidung, außer den Schuhen und Hosenbeinen, noch einigermaßen in Ordnung war, machten die Mädchen doch keine Einwände. In dem Lokal herrschte kein großer Nachtbetrieb. Die einzigen Kunden waren Polizisten, die paarweise kamen, schnell etwas tranken und wieder gingen.

Viktor setzte sich an einen Tisch am Fenster, das fast völlig beschlagen war. Von außen klatschten Hagel und Schnee dagegen, als ob Hexen mit ihren krummen Fingernägeln über die Scheibe führen.

Viktor bestellte ein Stück Apfelkuchen und Kaffee. Er griff nach einer Papierserviette, wischte ein Stück der Fensterscheibe klar, und während er auf die nasse, düstere Straße hinausblickte, versuchte er, einen Sinn in die Abenteuer dieser Nacht zu bringen.

Er aß nur zwei Bissen von seinem Kuchen. Er blieb ihm in der Kehle stecken. Nur den Kaffee schluckte er leicht. Als er die zweite Tasse fast ausgetrunken hatte, sah er, wie ein schwarzer Bus auf der entgegengesetzten Fahrbahnseite um die Ecke bog. Viktor dachte zuerst, seine Augen gaukelten ihm ein Trugbild vor. Er benutzte eine zweite Serviette, um das Fenster, das wieder beschlagen war, abermals und in einem größeren Umfang klarzureiben.

Ja, es war wirklich ein schwarzer Bus. Ein kohlpechrabenschwarzer Bus. Ein merkwürdiges Fahrzeug.

Amos und die anderen Zaubertiere hatten sich nur widerwillig von dem Elefanten getrennt und folgten nun auf der Suche nach einem Ausgang aus dem Park den verschlungenen Pfaden. Als sie unter den vom Eis tief gebeugten Zweigen immergrüner Büsche durch eine Kuhle hindurchmarschierten, hörten sie das schrille, irre Kichern des Schratz in der Kiste. Das Gelächter schien nicht sehr nahe zu sein. Es klang wie von jenseits des Fußweges, vielleicht sogar jenseits des nächsten Weges, war ein geisterhaftes Gellen, das wie Nebel über den eisigen Boden zu fliegen und von allen Seiten widerzuhallen schien.

»Sie haben uns entdeckt«, sagte Hupf und blieb wie angewurzelt stehen.

»Nein«, antwortete Amos, packte das Karnickel am Arm und zerrte es weiter, »sie sind in der Nähe, aber entdeckt haben sie uns noch nicht. Wenn wir uns aber nicht beeilen, werden sie uns wirklich finden. Wir müssen so schnell rennen, wie wir können . . . Wenn ich auch denke, daß uns der Schratz wahrscheinlich immer einholen wird.«

»Du mußt an etwas Positives denken«, sagte Karamel und trottete neben Amos her. »Vielleicht kriegt der Schratz einen Platten.«

»Doch nicht mit Stahlrädern«, antwortete Amos.

»Dann rast er vielleicht gegen eine Laterne und bleibt ohnmächtig liegen«, schlug der Gestiefelte Kater vor.

»Oder er nimmt eine Abkürzung durch den Elefantenkäfig und wird plattgetreten«, sagte Einstein.

»Oder es landen lauter kleine grüne Männchen

in einer fliegenden Untertasse und entführen ihn«, sagte Hupf voller Hoffnung.

»Wir können nicht erwarten, daß unsere Rettung von Zufällen oder kleinen grünen Männchen abhängt«, sagte Amos streng. »Gerettet können wir nur werden, wenn wir uns selber retten. Die Guten können nicht dadurch über die Bösen siegen, daß sie einfach gut sind. Sie müssen handeln.«

»Er hat recht«, bestätigte der Alte, indem er sich mit seinem Spazierstock so rasch wie möglich vorwärtsbrachte. »Die Geschichte bestätigt das, was Amos gerade gesagt hat.«

»Los, rennt, schnell«, wiederholte Amos, »und haltet euch unter den Bäumen oder ganz dicht am Gebüsch, denn die Hornisse wird herumschwirren und den Boden beobachten, deshalb müssen wir uns nicht nur schnell bewegen, sondern auch in Deckung bleiben.«

»Aber als die Hornisse gegen das Schild geknallt ist, muß sie doch in Stücke gegangen sein«, sagte der Gestiefelte Kater.

»Das wissen wir nicht mit Sicherheit«, antwortete Amos, »wir müssen damit rechnen, daß sie immer noch da ist.«

»Jaja, du schaffst es immer, uns aufzuheitern«, murmelte Hupf säuerlich.

»Du kannst von Amos nicht erwarten, daß er in dieser Jahreszeit ein sonniges Gemüt hat«, ermahnte ihn Einstein. »Eigentlich müßte er jetzt seinen Winterschlaf halten können. Sollte gemütlich in seiner Höhle schlummern und schnarchen, von

Honig und von süßen Beeren träumen. Kein Wunder, daß er schlecht gelaunt ist.«

»Ich bin nicht schlecht gelaunt«, widersprach Amos, während er unter den Buchsbaumbüschen, die den Fußweg säumten, entlangtrabte, »ich bin nur besorgt und bedächtig.«

»Schlecht gelaunt«, wiederholte Einstein.

»Nicht im geringsten.«

»Schlecht gelaunt«, bestätigte der Gestiefelte Kater.

»Bin ich nicht.«

»Hat Adam Riese irgend etwas über schlechte Laune zu sagen?« spottete Hupf.

»O nein!« riefen die anderen vier Zaubertiere im Chor.

»Keine Zeit für Adam Riese«, sagte Amos, während sie einen Platz erreichten, wo der Schutz der Pinien und der Büsche endete.

Der Fußweg führte jetzt quer durch ein freies Gelände, wo sie die Hornisse, falls sie über ihnen kreiste, sofort erspähen würde. Glücklicherweise begleiteten den Weg auf der einen Seite immergrüne Büsche, deren Zweige ein wenig Deckung boten. Streckenweise mußten sie auf allen vieren vorwärtsrobben, und hin und wieder hörte Amos den Gestiefelten Kater über die weitere Verwüstung seiner Erscheinung jammern.

Als sie sich dem Rand des Parks näherten, hörten sie wieder das ferne Kichern. Manchmal schien der Schratz in der Kiste dichter bei ihnen zu sein, manchmal ferner, als ob er unaufhörlich in ihrer Nähe herumsauste, ohne sie zu bemerken. Vielleicht täuschte sie aber auch nur die eisige, schneedurchwehte Nachtluft. Und dann hörten sie auch ein Dröhnen, das von einem großen Flugzeug stammen konnte, das hoch über dem Sturm die Stadt überquerte. Es konnte aber genausogut von einer gewissen Spielzeughornisse stammen, die langsam über den Park brummte.

»Vater Isaak«, flüsterte Hupf, »hätte uns wirklich drei Meter groß machen sollen. Dann wären wir im Nu bei Martha Millers Spielzeugladen gewesen, und diese Scheusale könnten uns nichts anhaben.«

»Es wäre aber ein bißchen schwierig, sich von Menschen nicht sehen zu lassen, wenn wir drei Meter groß wären, findest du nicht?« flüsterte Amos.

Sie krabbelten ein Stück vorwärts, während Hupf darüber nachdachte. Schließlich antwortete er: »Also, wir könnten uns natürlich lange Stricke umbinden, und wenn wir dann auf Menschen stoßen, dann könnten wir so tun, als ob wir riesige Aufblastiere wären, so 'ne Art Luftballon.«

Schließlich hatten sie das Ende der stacheligen Hecke erreicht und landeten auf einem Weg, der von hohen steinernen Säulen flankiert war. Jenseits der Säulen waren eine Straße, Häuser, die Stadt. Sie hatten das Ende des Parks erreicht.

»Und wohin nun?« fragte der Alte Amos.

Amos runzelte die Stirn und schaute nach links, nach rechts und geradeaus.

Sie standen mitten im Schneeregen, der sie wieder mit Eis überzog. Am Rande des Bürgersteigs sprang das Verkehrslicht von Rot auf Grün, obgleich kein Verkehr herrschte.

»Vielleicht wäre es besser, wenn ein Pferd uns führen könnte«, sagte Einstein. »Nimm's nicht krumm, Amos, aber es heißt, Pferde hätten einen untrüglichen Sinn für die richtige Richtung.«

»Eine Brieftaube wäre noch viel besser«, sagte der Gestiefelte Kater, »Brieftauben finden immer heim.«

»Nur, wenn Amos eine Brieftaube wäre«, sagte Hupf, »dann müßte er anders heißen. Amos ist ein alberner Name für eine Taube.«

»Wir könnten ihn Ruckedigu nennen«, schlug Einstein vor.

»Oder Turtelchen«, kicherte Hupf.

Der Gestiefelte Kater sagte: »Oder Federfips.«

»Oder Taubi.«

»Oder Piepmatz.«

»Oder Thomas«, sagte Einstein.

Hupf und der Gestiefelte Kater fragten verblüfft: »Thomas?«

»Thomas Taube«, antwortete Einstein. »Ja, das klingt gut, das gefällt mir. Wir wollen ihn Thomas Taube nennen.«

»Aber er ist immer noch ein Bär«, mahnte sie der Alte.

»Ach je, wirklich«, murmelte Einstein.

»Zu schade«, kicherte Hupf, »und ich glaube, Bären haben überhaupt keinen Sinn für die richtige Richtung.«

»Laßt Amos doch nur machen«, sagte Karamel.

»Dorthin«, befahl Amos und deutete geradewegs über die Fahrbahn. »Dort geht's zu Martha Millers Spielzeugladen.«

Er führte sie über den Bürgersteig, vom Randstein in die tiefe Regenrinne, die jetzt voll Schneematsch war, und auf die verlassene Fahrbahn. Als sie sie halbwegs überquert hatten, hörten sie hinter sich einen Aufschrei. Sie drehten sich um und sahen, wie Rex und die anderen bösen Spielsachen aus dem Park traten.

Ein Mann stieg aus dem schwarzen Bus und ging geradewegs auf die Kaffeestube zu. Er stellte seinen Koffer vor der Theke auf den Fußboden, setzte sich auf einen Barstuhl und bestellte Kaffee.

Als Viktor Liebmann wieder auf die Straße blickte, war der Bus verschwunden. Viktor hatte gar kein Motorengeräusch gehört. Der Bus schien vom Sturm hinweggeweht worden zu sein. Der Fremde kam Viktor irgendwie gefährlich vor, der harte Ausdruck auf seinem Gesicht beunruhigte ihn. Als er einen Blick auf die beiden Polizisten im Café warf, sah er, daß sie den Neuankömmling aufmerksam und mißtrauisch musterten. Der Fremde schaute ein paarmal zu Viktor hinüber, aber Viktor schaute jedesmal rasch auf seinen angebissenen Apfelkuchen oder in die Nacht hinaus. Nach einer Weile brachen die Polizisten auf. Jetzt waren nur noch Viktor, der Fremde, die beiden Serviererinnen und der Koch im Café. Nach einem Augenblick warf der Mann mit dem harten Gesicht das Geld für seinen Kaffee auf die Theke, glitt vom Hocker und griff nach seinem Koffer. Zu Viktors Überraschung kam er geradewegs auf ihn zu und setzte sich ihm gegenüber an den Tisch.

»Ich glaube, Sie haben eine Spielzeugfabrik zu verkaufen«, sagte der Mann.

Viktor schaute ihn verblüfft an.

»Habe ich recht? Eine Spielzeugfabrik?«

»Also . . . Ja, schon . . . Aber wer sind Sie?« fragte Viktor.

»Ich will Ihre Fabrik kaufen.«

Viktor war verwirrt. »Woher kommen Sie? Woher wissen Sie, wer ich bin?«

»Mein Name ist Zacharias Zack.« Der Fremde hob den Koffer auf den Tisch und vergewisserte sich mit einem raschen Blick, daß sie nicht beobachtet wurden. Sie waren immer noch die beiden einzigen Kunden. Die Serviererinnen und der Koch hatten sich am anderen Ende des Restaurants in ein Gespräch vertieft.

Zack klappte den Koffer auf und sagte: »Wenn Sie sofort verkaufen, zahle ich bar für die Fabrik, gleich hier und jetzt.«

Viktor starrte erschrocken und ungläubig die geschnürten Hunderterbündel an, die den Koffer füllten. »Aber . . . Das da muß ja mindestens eine Million sein.«

»Mehr als zwei Millionen.«

In Viktors Schädel begannen fieberhaft die Vorstellungen von Aktien und Anlagen zu schwirren, die er sich von diesem Geld kaufen konnte. Er rechnete Zins und Zinseszins aus, und dann überfluteten ihn Geld und Brief, Angebot und Nachfrage, Lombardsatz und Börsenkurse, ein Wirbelsturm aus Zahlen. Viktor keuchte und begann vor Erregung zu zittern. Geld machen, Geld scheffeln, mit dem Überfluß noch mehr Geld raffen, Profite investieren, um mit dem Profit des Profits neuen Profit zu machen – davon verstand Viktor Liebmann einiges.

Während er in den Koffer starrte, kamen ihm die unerklärlichen Ereignisse der Nacht wie ein kurzer Anfall von Geistesverwirrung vor. Er war ein bißchen albern gewesen, aber jetzt hatte er sich wieder gefaßt. Es gab auf der Welt keine lebendigen Spieltiere und auch nichts Zauberhaftes. Nur Geld war wirklich, und er wußte haargenau, was man mit zwei Millionen anfangen konnte.

»Wollen Sie mir die Fabrik verkaufen?« fragte Zacharias Zack.

»Das ist ein ziemlich großzügiges Angebot«, sagte Viktor und schaute endlich von den gebündelten Geldscheinen auf und Zacharias in die Augen.

Diese Augen jagten ihm freilich einen ordentlichen Schreck ein. Sie waren so hart und so kalt wie Eis. Heimtückisch. Während er Zack weiter in die Augen starrte, mußte Viktor wieder an den merkwürdigen schwarzen Bus denken. Seine Gedanken hatten sich vom Geld gelöst, und es fiel ihm wieder auf, wie merkwürdig es doch war, daß Zack von der Spielzeugfabrik wußte, die zum Verkauf stand, obgleich Viktor weder eine Anzeige aufgegeben noch jemandem gesagt hatte, daß er verkaufen wollte. Und noch merkwürdiger war, daß Zack so genau wußte, wo er Viktor ausgerechnet in dieser Nacht antreffen konnte.

»Wie haben Sie mich gefunden?« fragte Viktor.

»Ich habe so meine Mittel und Wege«, antwortete Zack.

»Und was sind das für Mittel und Wege?«

»Ein Freund hat mir verraten, wo Sie zu finden sind.«

»Was für ein Freund?« fragte Viktor. »Ein Freund von mir? Es hat aber keiner gewußt, wo ich heute nacht sein würde. Das hab' nicht einmal ich gewußt, bevor ich nicht hier reingegangen bin. Außerdem ... Ich mag das nicht gerne zugeben, aber ehrlich gesagt, ich habe gar keine Freunde. Dafür hat mir immer die Zeit gefehlt. Immer zu viel zu tun mit meinen Aktien und Anlagen. Also, wer sind Sie, und wie haben Sie mich hier aufgetrieben?«

Zack grollte ärgerlich: »Schauen Sie sich das Bargeld an, Viktor. Geld ist ihr bester Freund. Ihr bester und treuester Freund. Wenn man Geld hat, braucht man keine anderen Freunde. Schauen Sie sich das Geld an, und denken Sie daran, was Sie damit machen können, dann kann es Ihnen egal sein, wer ich bin und wie ich Sie gefunden habe.«

An Zacks Stimme war etwas Bezwingendes, und Viktor konnte den Blick nicht von dem Koffer wenden, der randvoll mit Banknoten war. Der bloße Anblick des Geldes nahm ihm den Atem, und seine Gedanken verwirrten sich. »Seien Sie vernünftig, Viktor. Verkaufen Sie mir die Fabrik. Jetzt auf der Stelle.«

Die Fabrik war wirklich ein Fluch. Wenn Viktor bedachte, was sie Isaak angetan hatte: hatte ihn sein ganzes Leben lang ein Kind bleiben lassen, ein unverantwortliches Kind. Und kaum hatte er, Viktor, das Grundstück geerbt, war der Fluch auch schon auf ihn übergegangen: Er rannte wie ein Verrückter im Schneesturm durch die Straßen, um nach Zaubertieren zu suchen, die es gar nicht gab.

»Verkaufen Sie, Viktor. Verkaufen Sie. Verkaufen Sie an mich, und nehmen Sie Ihr Geld und werden Sie damit glücklich.«

»Also . . .«

»Verkaufen Sie, verkaufen Sie mir, verkaufen Sie die Klitsche und leben Sie danach herrlich und in Freuden.«

Hin- und hergerissen zwischen Geldgier und dem Wunsch, zu glauben, daß Isaak auf unerklärliche Art und Weise wirklich Zaubertiere geschaffen hatte, befand sich Viktor in einem Aufruhr der Gefühle. Er war entsetzt über seine Unfähigkeit, dem Geld zu widerstehen, aber er hatte auch Angst, in Zacks haßerfüllte Augen zu schauen, und deshalb lenkte er seinen tief verstörten Blick in die Nacht hinaus. Und das war der Augenblick, in dem er gerade unterhalb des Fensters eine schwache Stimme hörte:

»Bugga-bugga-bugga!«

Er beugte sich verblüfft näher an die Fensterscheibe und sah draußen auf dem Gehweg die ausgestopften Spielzeugtiere an dem Nachtcafé vorüberrasen. Das Karnickel hupfte rückwärts und schrie jemanden zu, der ihm und seinen ausgestopften Freunden zu folgen schien.

»Bugga-bugga-bugga!«

Dann verschwanden das Karnickel, der Elefant,

der Gestiefelte Kater und die anderen Spielzeugtiere nach rechts. Völlig fassungslos preßte Viktor die Nase an das kalte Glas, um noch etwas besser sehen zu können.

»Über zwei Millionen, Viktor«, sagte Zacharias Zack mit neuerlichem Drängen.

Die Tiere waren verschwunden. Viktor konnte keinen Schimmer mehr von ihnen erhaschen, aber plötzlich sah er zu seiner Linken die Marionetten und den Roboter und den Schratz in der Kiste. Sie stürzten am Café vorbei und verfolgten die Spielzeugtiere. In seiner Hast, aus der Sitzecke herauszukommen, stieß Viktor gegen den Koffer, der auf den Boden fiel, wobei sich die Hunderterbündel nach allen Seiten ergossen. Die Kellnerinnen und der Koch schauten überrascht auf, und als sie das Geld erblickten, rissen sie die Augen sperrangelweit auf.

»Warten Sie!« rief Zack.

Aber Viktor rannte schon los, hielt sich nicht einmal damit auf, sich den Regenmantel anzuziehen. Er stieß die Tür des Nachtcafés auf und stürzte hinaus in Sturm und Schneetreiben. Die bösen Spielzeugfiguren, die ihn im Wald überfallen hatten, bogen jetzt gerade am Ende des Häuserblocks um die Ecke.

Viktor rannte hinter ihnen her, rutschte aus, stürzte, stand wieder auf, stürzte abermals, aber er gab nicht auf.

Amos wußte, daß sie von der Straße verschwinden mußten. Erstens konnten sie ihren Feinden auf die

Dauer nicht entkommen. Sie mußten sich verstekken und darauf hoffen, daß die Mörderbande ihre Spur verlor. Und zweitens, je länger sie auf der Straße blieben, desto größer war die Gefahr, daß sie trotz Schneesturms zufällig von Menschen gesehen wurden, die sie doch nie und nimmer erblicken durften.

In einem schwach beleuchteten Durchgang zwischen zwei großen Gebäuden entdeckte Amos ein kleines Kellerfenster, das offenstand. Für einen Menschen wäre es viel zu schmal gewesen, aber für ein Zaubertier gerade groß genug. Amos wies seine Freunde an, sich durch die Klappe in den darunterliegenden Kellerraum gleiten zu lassen.

Der Gestiefelte Kater, der Alte, Karamel und Einstein rutschten ins Dunkle, nur Hupf sträubte sich und sagte: »Laß mich doch auf diese Bösewichte warten und nochmal bugga-bugga schreien.«

»Nein.«

»Aber vorhin haben sie mich sicher gar nicht gehört. Und wenn sie richtig mitkriegen, wie ich bugga-bugga schreie, dann kriegen sie einen solchen Schreck, daß sie wie die Hinterhofkatzen Reißaus nehmen.«

»Diese Kreaturen kannst du nicht so leicht verscheuchen wie die Mülleimerkatzen.«

Ehe Hupf weiter protestieren konnte, hatte Amos das Karnickel am Schwanz gepackt und am Schlafittchen und warf es durch die offene Klappe in den Keller.

Als sich Amos hinter Hupf durch den Schlitz zwängte, sah er, wie der Schratz in seiner Kiste am anderen Ende des Durchgangs um die Ecke bog. Amos war davon überzeugt, daß er gesehen worden war. Er ließ die Klappe hinter sich zufallen.

Eine der Serviererinnen versuchte, ein Bündel mit Hundertern aufzuheben, aber Zack schrie sie an und stieß so wütende Drohungen aus, daß sie in Tränen ausbrach und zurückfuhr. »Ich hab' doch nur helfen wollen«, schluchzte sie.

»Bleiben Sie mir vom Leibe, und damit meine ich alle, sonst wird es Ihnen noch leid tun«, sagte Zack wütend. Er warf das letzte Geldbündel wieder in den Koffer, knallte den Deckel zu, schloß ab und trug das Vermögen auf der Suche nach Viktor Liebmann in die Nacht hinaus.

Sie befanden sich in einem Kaufhaus. Amos führte sie aus dem Keller heraus ins Erdgeschoß. Im ganzen Gebäude war die Sicherheitsbeleuchtung eingeschaltet. Die matten gelben Lampen erhellten einige Gänge und Auslagen, ließen andere Bereiche aber ganz im tiefen Schatten. Amos vermutete, daß es auch ein paar Nachtwächter gab. Aber es handelte sich um ein sehr großes Gebäude, und die Gefahr war gering, daß sie einem Sicherheitsbeamten ahnungslos in die Arme rennen würden. Sie kriegten jedoch ein paarmal einen Riesenschreck, weil sie Schaufensterpuppen für echte Menschen hielten.

Das Erdgeschoß bot sechs ausgestopften Spielzeugtieren Tausende von Verstecken. Aber Amos wollte sich gar nicht verstecken. Er plante, bis zum dritten Stock hinaufzusteigen und sich dann über die Hintertreppen oder einen Lastenaufzug wieder hinauszuschleichen, während die Marionette mit ihren Spießgesellen die ganze Nacht weiter nach ihnen suchte.

Bevor sie sich an den Aufstieg machten, liefen sie kreuz und quer durch das ganze Erdgeschoß, weil ihre nassen Pfoten lauter feuchte Abdrücke auf dem Marmorboden hinterließen. Erst als keine Spuren mehr zu sehen waren, gingen sie zu den abgestellten Rolltreppen und kletterten mühsam hinauf.

Unterdessen waren sie auch wieder etwas trokkener geworden. Bis auf die verletzte Pfote von Karamel und das verlorene Auge des Gestiefelten Katers waren sie in gar keinem so schlechten Zustand.

Selbst der Gestiefelte Kater wagte es, sich in einer der vielen Spiegelsäulen, an denen sie vorüberkamen, zu mustern.

»Zerrauft«, sagte er voll Selbstkritik, »aber mit einem gewissen Pfiff, mit einem gewissen zerzausten Charme.«

Das riesige dritte Stockwerk hatte Abteile für Sportartikel, Freizeitgeräte und Spielsachen. Zwischen wahren Türmen aus Fernsehapparaten und Videokassettenrecordern versammelten sich Amos und seine Gefährten, um etwas zu verschnaufen und den nächsten Schritt zu besprechen. Hupf drehte sich langsam um sich selbst und starrte zu all den leeren Bildschirmen empor. Dann sagte er: »Wär' das nicht hübsch, wenn wir eines Tages wieder hierherkommen könnten, wenn der Laden offen ist, und dann wären alle diese Apparate eingeschaltet und zeigten dasselbe Programm, und wir würden überall mein eigenes Gesicht sehen? Hupf, das Komische Karnickel, Hupf, der Superstar!« Er seufzte. »Ach, was für ein Traum.«

»Kommt mir wie ein Alptraum vor«, bemerkte der Gestiefelte Kater.

»Alptraum«, stimmte Einstein zu.

Der Alte nickte und sagte ebenfalls: »Alptraum.«

»Ihr braucht keine Abstimmung zu machen«, sagte Hupf.

Da flüsterte Karamel mit einem Blick in die Richtung, aus der sie gekommen waren: »Hab' ich nicht eben was gehört?«

Sofort verstummten sie und erstarrten.

Amos kam das menschenleere Kaufhaus vollkommen still vor. Aber geisterhaft. Ganz entschieden geisterhaft.

»Ach . . . Vielleicht hab' ich's mir nur eingebildet«, sagte Karamel. Aber wieder flüsterte sie nur und blieb gespannt und wachsam.

»Was machen wir als nächstes?« fragte Einstein.

»Wir suchen uns einen Hinterausgang oder eine Feuerleiter«, antwortete Amos, »und dann zum Laden von Martha Miller.«

»Wie weit ist es noch?« erkundigte sich der Gestiefelte Kater.

»Nicht mehr sehr weit«, antwortete Amos, »vielleicht sechs oder acht Häuserblocks.«

»Das sind sicher Meilen und Meilen«, sagte Hupf müde. »Hunderte und Aberhunderte von Meilen.«

»Nur ein paar Häuserblocks«, wiederholte Amos.

»Wieso weißt du das?« fragte Hupf.

»Ich weiß es einfach. Es ist so ein – Gefühl.«

»Haben Bären Gefühle?« fragte Einstein zweifelnd.

»Bären haben hübsche runde Bäuche«, sagte der Gestiefelte Kater.

»Und Bären haben schlaue spitze Ohren«, sagte der Alte.

»Und Bären haben blanke schwarze Nasen«, sagte Karamel.

»Und Bären haben vier große Pfoten«, sagte Einstein.

»Aber Bären haben keine Gefühle«, sagte Hupf.

»Dieser Bär aber hat welche«, sagte Amos, »und wenn du mir nicht glauben willst, dann muß ich dir einen Vortrag halten, was Adam Riese über Bären und ihre Ahnungen sagt.«

»Wir glauben dir, wir glauben dir«, riefen die anderen fünf Zaubertiere im Chor.

»Schon gut«, sagte Amos, »also hört zu, von hier aus gehen wir –«

Da trat Rex zwischen zwei Tischen mit aufmontierten Fernsehapparaten hervor und sagte: »Hallo, ihr Weichbäuche.«

Der Schratz rollte quietschend den Gang entlang, packte Karamel am rechten Ohr und kreiselte so um sich selbst, daß Karamel um ihn herumflog, als ob ihr das Ohr aus dem Kopf gerissen werden sollte.

Amos war mit einem Satz bei Karamel, und hinter ihm folgte Einstein. Aber Rex holte mit dem Spazierstock aus, die Klinge blitzte auf und pfiff durch das Dämmerlicht. Einsteins rechtes Ohr war abgefetzt.

»Ach du meine Güte!« sagte der Elefant. »Schaut euch das an. Jetzt wird mir mein Kopf immer auf die eine Seite hängen. Das ist nicht gut. Wirklich nicht gut.«

»Dann will ich's ausgleichen«, sagte Rex mit einem tückischen Grinsen und holte mit seinem Stock ein zweites Mal aus.

»Besten Dank, mein Herr«, erwiderte Einstein und fuhr zurück. »Ein bißchen schief macht mir nichts aus.«

Der Gestiefelte Kater hatte seinen eigenen Degen gezogen, trat vor und sagte: »Du wirst mir Genugtuung geben, du hinterlistiger Holzkopf!«

Rex hieb mit seiner scharfen Waffe ein paarmal durch die Luft, daß es zischte und sauste, und schnippelte das Gummischwert des Gestiefelten Katers in fünf kleine Scheiben, so daß die verblüffte Katze nur noch mit einem Gummistummel in der Hand vor ihrem Feind stand.

»Wenn du es mit meinesgleichen aufnehmen willst, brauchst du mehr als Spiezeugschwerter und gute Absichten«, sagte Rex zum Gestiefelten Kater. »Und daß deine Bravheit dich schützt, darauf kannst du dich auch nicht verlassen.«

Unterdessen war auch die weibliche Marionette aufgetaucht, schwenkte ihre rotglühende Zauberzigarette aus Plastik und versuchte, jemanden damit zu versengen. Alle Zaubertiere, die sich nicht gegen

Rex und den Schratz verteidigten, versuchten ihr auszuweichen.

Amos spürte eine Hand auf der Schulter. Er fuhr herum und stand dem gelbäugigen Roboter gegenüber. »Zerbrechen, zerreißen, zerfetzen«, sagte der Roboter mit seiner Blechstimme.

»Du scheinst einen beschränkten Wortschatz zu haben«, antwortete Amos. Er wich ihm nicht aus, sondern warf sich gegen den Roboter, ließ sich gleichzeitig auf die Knie fallen und stemmte den eisernen Mann in die Luft. Der Roboter flog über Amos' Schultern und krachte hinter ihm auf den Boden. Amos rappelte sich wieder auf und sah, daß der Roboter nicht verletzt war, sondern sich rasselnd wieder auf die Füße stellte, um den Kampf fortzusetzen.

Nur die Hornisse war noch nicht aufgetaucht, und Amos warf einen besorgten Blick zur Decke, wobei er sich auszurechnen versuchte, aus welcher Richtung sich das widerwärtige Insekt auf sie stürzen werde.

Der Schratz brach in ein hysterisches Gelächter aus und wedelte mit einem Plüschohr von Karamel. »Laßt uns das Hundchen auseinandernehmen. Laßt uns das Hundchen Stück für Stück zerfetzen.«

Der Gestiefelte Kater und Einstein versuchten immer noch, der blitzenden Klinge der Marionette auszuweichen. Hupf dagegen sprang um Lissie herum, schrie aus vollem Halse: »Bugga-bugga-bugga«, schwenkte die Vorderpfoten in einer Art und Weise, die er für abschreckend hielt, und zog gräßliche Grimassen, um sie zu verscheuchen. Dabei verrenkte er sich ununterbrochen, um nicht von der Zigarettenspitze in Flammen gesetzt zu werden. Der arme Alte versuchte dagegen, Hupf auszuweichen, der schon zweimal mit dem etwas gebrechlichen Gelehrten zusammengestoßen war und ihn zu Fall gebracht hatte. Das ist schlecht, dachte Amos. In ein paar Minuten haben sie uns vernichtet.

»Du machst mich allmählich wütend!« rief Einstein Rex zu, während er der Klinge der Marionette auswich. »Und einen Elefanten wütend machen, das ist das letzte, was man wagen sollte.«

Da schlich sich Amos hinter den Schratz, stürzte sich auf ihn, packte die Kiste von unten, kippte sie und gab ihr einen Stoß. Der Schratz in der Kiste schlitterte auf einem Seitenbrett den Gang entlang, die Räder drehten sich leer in der Luft, seine Arme zappelten, und er kreischte wie besessen.

Er krachte gegen den Roboter, und alle beide krachten gegen Rex, so daß sie zu Boden stürzten.

»Jetzt aber lauft!« rief Amos seinen Freunden zu. »Lauft, lauft!«

Sie rannten los, so schnell sie ihre ausgestopften Stummelbeine tragen wollten, und rannten den Gang zwischen den Fernsehapparaten und Videorecordern entlang. Einen Augenblick lang glaubte Amos, daß alle seine Freunde entkommen wären. Aber am Ende des Ganges drehte er sich um, blickte zurück und sah, daß der umgestürzte Roboter mit einer Stahlhand zugegriffen und Hupf am Hinterlauf erwischt hatte. Das Karnickel wurde festgehalten und war nicht imstande, sich freizuzappeln. Rex stellte sich wieder auf die Füße, und der Schratz hampelte und kämpfte, um sich wieder auf die Räder zu kippen.

»O nein«, sagte Karamel, »sie haben Hupf. Sie haben den armen Hupf.«

»Wir müssen ihn retten«, sagte der getreue Gestiefelte Kater.

»Nein«, antwortete Amos mit fester Stimme, »wenn wir umkehren, werden sie uns nur alle miteinander vernichten. Dann ist keiner mehr da, der zu Martha Miller gehen und ihr sagen kann, daß sie zur neuen Spielzeugmacherin bestimmt worden ist.«

»Aber wir können doch Hupf nicht im Stich lassen«, widersprach Einstein. »Ich gebe zu, daß seine Späße nicht immer sehr komisch waren, und manchmal kann er einem auf die Nerven gehen, und ein Besserwisser und ein Naseweis ist er auch, aber wir können ihn nicht im Stich lassen. Er ist unser Freund.«

Der Gestiefelte Kater fing an, den Weg wieder zurückzumarschieren.

»Nein!« sagte Amos so heftig, daß der Kater anhielt.

»Amos hat recht«, sagte der Alte, »wenn wir umkehren, sind wir verloren. Aber wir müssen Hupf auch gar nicht im Stich lassen. Wir ziehen uns nur zurück und suchen Sachen, die wir als Waffen benutzen können. Dann kommen wir wieder und retten ihn. Aber das können wir erst tun, wenn wir bewaffnet sind.«

Rex stand wieder auf den Füßen. Der Roboter war schon auf den Knien und erhob sich. Und in ein paar Sekunden würde der Schratz auf seinen Rädern dahinrollen.

»Raus hier«, drängte Amos.

Der Bär rannte los. Seine Freunde folgten ihm aus der Abteilung für Freizeitgestaltung in die riesige Spielwarenabteilung am südlichen Ende des dritten Stockwerks.

Die Stecherin brauste durch Sturm und Schnee und schwirrte von Zeit zu Zeit so rasch mit den Flügeln, daß das Eis wieder abplatzte. Sie umkreiste das Kaufhaus und behielt alle Ausgänge im Auge. Wenn sie sehen würde, wie sich die Zaubertiere herausschlichen, würde sie ihren Stachel zu seiner dreifachen Länge ausfahren, einen Sturzangriff machen und ihnen die Füllung aus ihren watteweichen Bälgen reißen.

Die Stecherin liebte die Nacht. Sie liebte den Sturm, und sie liebte ihren Stachel.

»Bring diesen altmodischen Langweiler mit seinem Puschelschwanz her«, sagte Rex. Er spazierte zum nördlichen Ende des dritten Stockwerks, zur Sportabteilung.

»Altmodischer Langweiler?« fragte Hupf mit einer Stimme, die vor Angst und Wut nur so zitterte.

»Watteweicher Langweiler«, bestätigte der Schratz, stieß sich an Rex' Seite und gönnte Hupf ein irres Grinsen.

Eisenbeißer marschierte klirrend auf der anderen Seite von Rex und hielt Hupf eisern an den Ohren fest. Halb trug er seinen Gefangenen, halb zerrte er ihn hinter sich her.

Hupf sagte: »Ich will euch nur verraten, daß ich heute nacht schon einen echten Straßenköter erledigt habe. Und ohne mit der Wimper zu zucken im Schatten eines echten Elefanten ausgeharrt habe. Und dann hab' ich noch ein paar ausgekochte Hinterhofkatzen verscheucht.«

»Ich bin tief beeindruckt«, entgegnete Rex mit einem gemeinen Lachen, »ja, du Wattekarnickel, ich bin tief beeindruckt.«

»Tief beeindruckt«, kreischte der Schratz und kicherte.

»Meinst du, daß du es tapfer ertragen wirst, wenn ich dir mit meiner Zigarette ein paar Löcher in den Pelz brenne?« erkundigte sich Lissie und schwenkte die rotglühende Zigarettenspitze vor der Nase des Karnickels herum.

»Hups! Tu das weg!« sagte Hupf. »Wenn du mich ansengelst, dann werd' ich . . . dann werd' ich . . .«

»Na was denn?« fragte Lissie. »Heulen?«

»Nein«, antwortete Hupf, »ich werde . . . rasen vor Wut! Jawohl, das werd' ich machen. Ich werde rasen vor Wut, und dann übernehme ich keine Verantwortung mehr für das, was passiert.«

»Schau mich nur an«, sagte Rex und tat so, als ob er vor Angst schlotterte. »Ach, was jagst du mir für einen Schrecken ein. Ich zittere und bebe. Ein rasendes Karnickel. Oh, wie fürchterlich. Und wie mußt du erst sein, wenn du wirklich in Wut gerätst.«

Hupf hing an den Ohren in der eisernen Faust

des Roboters und versuchte verzweifelt, mit den Füßen Halt auf dem Boden zu gewinnen, wurde aber immer wieder hochgerissen. Er keuchte: »Darauf kannste wohl wetten. Wenn ich vor Wut rase, dann bin ich nämlich gefährlich. Wirklich, dann könnt' ich euch die Glieder einzeln ausreißen und die Räder auch. Und wenn ich dann mit euch fertig bin, dann seid ihr nichts als ein Haufen Holzsplitter und ein bißchen verbogenes Metall. Ha-ah, das wird schön gräßlich sein. Ich werd' schon ganz krank, wenn ich nur dran denke. Aber ich kann's nicht ändern. Wenn ich wirklich wütend werde, dann kann ich nicht mehr an mich halten, dann bin ich nur ein wildes, wildes Tier. Also ärgert mich lieber nicht, und tut mir auch nichts an. Laßt es lieber sein.«

Das grausame Gelächter der bösen Spielzeugfiguren hallte von allen Seiten wider.

»Na gut«, sagte Hupf seufzend, »ich hab's wenigstens versucht.«

Schließlich machten sie vor einem großen Wandschrank aus Eichenholz halt, dessen Vorderseite aus Glas bestand, hinter dem Gewehre und Flinten zu sehen waren.

Eisenbeißer zerrte Hupf wieder vom Boden hoch, und Rex legte dem Karnickel die scharfe Klinge an die Gurgel. Der Schratz und Lissie kamen herbeigeeilt, um nichts zu verpassen.

»Weißt du, was jetzt mit dir passiert, du albernes Karnickel?« fragte Rex.

Hupf schluckte. »Vielleicht hast du dein Herz entdeckt, hast Mitleid mit mir, läßt mich laufen? Und das wär's dann.«

»Nein«, antwortete Rex, »das passiert garantiert nicht als nächstes.«

Hupf sagte: »Warte mal, laß mich noch mal raten. Also wollen wir mal sehen ... Jetzt passiert vielleicht folgendes: Mir fällt ein wirklich guter Witz ein, und dabei kapierst du endlich, was für ein hochbegabtes Komisches Karnickel ich bin, und dann verschonst du mich, weil ich dich so gut unterhalte.«

»Witze kann ich nicht ausstehen«, sagte Rex.

»Und Tricks? Ich kann Kunststücke.«

»Taschenspieler kann ich auch nicht ausstehen.«

»Vogelrufe? Ich kann wie ein Vogel pfeifen.«

»Das liebliche Gezwitscher der Vögel geht mir auf die Nerven. Das heisere Krächzen der Geier ist mir lieber.«

»Na gut, aber vielleicht marschiert plötzlich ein ganzer Trupp redender Runkelrüben durch den Laden, und du bist so baff, daß Runkelrüben reden können, daß du mich ganz und gar vergißt.«

Rex zwinkerte: »Bist du verrückt, Karnickel? Glaubst du wirklich, daß hier ein ganzer Trupp redender Runkelrüben durchkommen könnte?«

Hupf verdrehte die Augen, um einen Blick auf die messerscharfe Klinge an seinem Hals werfen zu können, schluckte dann abermals und sagte: »Man darf die Hoffnung nicht aufgeben, weißt du. Ich will einfach nicht aufgeben.«

»Aber redende Runkelrüben?«

»Ach, es können auch Step tanzende Pampelmusen sein«, antwortete Hupf.

Rex knurrte, als ob er ein Hund wäre. »Du bist

wirklich ein total verrücktes Karnickel. Jetzt werd' ich dir mal sagen, was als nächstes passiert, du Trottel mit Schlappohren.« Er drückte Hupf die Klinge fester auf die Kehle. »Wir werden deine Freunde mit den weichen Bäuchen nach allen Regeln der Kunst in eine Falle locken. Und ich haue dich nur jetzt noch nicht in Stücke, weil du heil und ganz einen viel besseren Köder abgibst.«

»Köder«, wiederholte Eisenbeißer mit seiner eisigen Stimme.

»Köder«, schrie der Schratz und lachte schrill.

»Köder?« fragte Hupf.

»Köder für deine Freunde«, erklärte Rex, »das spart mir und meinen Leuten Zeit. Zwingt uns nicht, hinter ihnen herzurennen. Die Sorte kenn' ich nämlich. Gutmütige Narren. Gefühlvolle Dummköpfe. Bringen's nicht übers Herz, dich im Stich zu lassen. Sind bis oben hin vollgestopft mit so sinnlosem Zeug wie Ehre, Pflicht, Verantwortung und Freundschaft. Haha! Die werden wieder auftauchen, um dich zu retten, darauf könnt' ich Gift nehmen. Aber wir sind für den Fall gerüstet. Siehst du diese Kanonen hinter uns?«

Hupf rollte die Augen zu der Auslage mit den mörderisch wirkenden Waffen.

Rex fuhr fort: »Munition wird hier ebenfalls verkauft. Wir nehmen uns also ein paar von den Kanonen runter, laden sie, und wenn dann deine Freunde zurückkommen, um dich zu retten, brauchen wir keine Angst zu haben, daß sie uns wieder durch die Lappen gehen. Wir müssen nur warten, bis sie uns direkt vor den Lauf marschieren, und dann wird abgedrückt. Damit pusten wir ihnen die ganze Füllung aus dem Plüsch.«

»Das ist sehr gemein!« sagte Hupf.

Rex grinste. »Ich liebe es, gemein zu sein.«

»Ich auch!« kicherte der Schratz.

»Gemein ist fein«, sagte Lissie.

»Gewehre sind was Schlimmes«, rief Hupf mit Nachdruck. »Ich liebe schlimme Dinge«, erwiderte Rex, »Eisenbeißer, dreh das Karnickel um.«

Eisenbeißer ließ Hupfs Löffel nicht los, drehte ihn aber gehorsam um. Die Klinge von Rex' Stock machte ein einziges Mal »wusch«.

»He!« zeterte Hupf. Rex hatte die puschelige Puderquaste, die bisher Hupfs Hinterteil als Schwänzchen zierte, mit einem einzigen Hieb säuberlich abgetrennt.

»Das«, sagte die Marionette, »soll dir zeigen, wie rasch du deinen Kopf verlierst, wenn die Zeit dazu gekommen sein wird.«

»Wie kann ich denn ein Superstar werden, wenn ich keinen Wackelschwanz mehr habe?« jammerte Hupf. »Bugs Bunny hat einen schicken Schwanz. Das weiße Kaninchen aus Alice im Wunderland hat einen schicken Schwanz. Alle berühmten Karnickel haben schicke Schwänze.«

»So schick war deiner nun auch wieder nicht«, bemerkte Rex und warf die Puderquaste in eine Ekke.

»Hör mal, du verrückte Holzpuppe«, sagte Hupf, »wenn du mich nicht freiläßt, wenn du meine Freunde nicht in Ruhe läßt, dann werd' ich . . .«

»Was wirst du schon wieder?« fragte Rex und

beugte sich so dicht zum Kaninchen, daß seine Holznase Hupfs Schnuppernase fast berührte.

Der Eisenbeißer schüttelte Hupf mit seinen harten Fäusten hin und her.

Rex fragte: »Hmmm? Was wirst du dann machen, Karnickel?«

»Es ist mir ja unangenehm, mit so was drohen zu müssen«, antwortete Hupf, »und ich weiß, es ist seelische Grausamkeit. Aber wenn ihr euch nicht benehmt, dann bleibt mir nichts anderes übrig, dann muß ich etwas von Adam Riese zitieren. Also was sagt ihr dazu? Macht ihr euch da nicht vor Angst in die Hosen?«

»Wer ist Adam Riese?« fragte Rex.

»Der allerschlechteste Dichter, der je eine Zeile geschrieben hat, so grauenhaft schlecht, daß du auf die Knie fällst und um Gnade wimmerst.«

Rex lächelte verschlagen. »Versuch's doch.«

Hupf zögerte.

»Was nicht in Ordnung, Karnickel?«

»Ich kann mich an kein Gedicht mehr erinnern. Ich hab' mich gezwungen, jedes Wort von ihm zu verdrängen. Aber wenn es mir wieder einfällt, dann wirst du wimmern und winseln und um Gnade flehen.«

»Pah!« machte Rex. Dann sagte er zu Lissie: »Komm her und hilf mir, diese beiden Gewehre aus dem Schrank zu nehmen.«

In der Spielzeugabteilung saß Amos in einem batteriebetriebenen Auto, das für Kinder entworfen war, die doppelt so groß waren als er. Der Wagen war hochmodern und aufgedonnert: der Grund ein leuchtendes Blau, auf dem rote und gelbe Flammen über den Kühler und die Seiten entlangzüngelten, verchromte Radspeichen, der Wagen selbst offen und mit einem breiten Rollbügel. Amos kam sich sehr sportlich vor, soweit das ein Bär tun kann, aber gleichzeitig auch etwas unsicher.

»Es ist ganz leicht«, sagte der Alte und fuhr mit seinem Spazierstock wie mit einem Zeigestock über die Illustrationen der Bedienungsanleitung, die er aufgeschlagen und auf den schwarzweiß gekachelten Boden gelegt hatte.

Die eine Pfote am Steuerrad, beugte sich Amos so weit wie möglich aus dem Wagen und starrte ebenfalls die Bedienungsanleitung an. »Kommt mir gar nicht einfach vor. Kommt mir eher so vor, als ob wir ziemlichen Ärger kriegten, wenn ich wirklich versuche, mit diesem Käfer durch das Kaufhaus zu brausen.«

»Das ist ein Kinderspiel«, versicherte ihm der Alte. »Es ist ja schließlich ein Kinderauto, ein Spielzeugwagen.«

»Ein ziemlich großes Spielzeug«, protestierte Amos.

»Aber trotzdem ein Spielzeug. Und wenn ein Kind damit umgehen kann, dann kannst du es auch.«

Karamel stand auf der Motorhaube und betrachtete eine Reihe von ausgestopften Spielzeugtieren, die zwischen anderen Spielfiguren und Puppen ausgestellt waren. »Amos, hast du gemerkt, daß diese armen Geschöpfe nicht reden und sich nicht bewegen können?« fragte sie. Amos hatte die ausgestopften Tiere schon früher gesehen und einige, zum Beispiel Garfield, wiedererkannt.

»Ja, natürlich sind sie stumm und steif. Das sind doch nur Spielsachen.«

»Wir sind auch nur Spielsachen«, sagte Karamel, »und wir können trotzdem sprechen und uns bewegen.«

»Wir sind Zauberspielsachen«, erinnerte sie der Alte.

Karamel sah niedergeschlagen drein. »Ja, ich weiß schon, daß wir etwas Besonderes sind, daß unsere Aufgabe darin besteht, Kindern zu helfen, die Schutz brauchen. Aber ich hab' mir immer eingebildet, daß normale Spielsachen sich wenigstens ein bißchen regen und ein bißchen reden können.«

»Ganz und gar nicht«, antwortete der Alte.

»Das kommt mir ungerecht vor«, sagte Karamel, die ein liebevolles und mitleidiges Hundemädchen war und wollte, daß sich jeder und alle Ausgestopften so des Lebens freuten wie sie selbst.

Oberhalb des Sportautos standen der Gestiefelte Kater und Einstein auf einem Stapel von Pappkartons. Sie waren damit beschäftigt, einen galaktischen Helden mit elektronischem Rülpsgewehr aus seiner farbenprächtigen Verpackung zu holen. Das Gewehr konnte man mit Pingpongbällen laden, und nach dem Werbetext auf der Schachtel war der galaktische Held »Der Schrecken aller Außerirdischen«.

Amos hielt nicht viel von Schießgewehren, vor

allem weil Jäger echte Gewehre benutzten, um echte Bären zu schießen. Dieses Gewehr konnte wirklich nicht viel Schaden stiften, aber es machte Amos trotzdem nervös. Außerdem war die Waffe für ein einziges Zaubertier viel zu groß, so daß sie von zwei Tieren geschleppt werden mußte.

»Du könntest den Lauf halten, aber nicht wakkeln!« sagte Einstein. »Und ich übernehm' den Schaft und drücke ab.«

»Nein«, widersprach der Gestiefelte Kater. »Ich drücke ab.«

»Ich drücke ab«, beharrte Einstein.

»Nein, ich«, sagte der Gestiefelte Kater.

»Laß uns nicht weiterstreiten«, sagte Einstein, »wenn wir streiten, wirst du höchstwahrscheinlich zerstampft.«

»Du kannst mir doch nicht drohen, mich zu zerstampfen«, sagte der Gestiefelte Kater. »Ich bin doch dein Freund.«

»Oh, Verzeihung«, sagte Einstein. »Es wäre nur ein freundlicher kleiner Stampfer.«

»Amos«, sagte der Alte streng, »achte bitte auf mich, und kümmere dich nicht um die beiden. Wenn wir Hupf retten wollen, mußt du unbedingt lernen, diesen Wagen zu fahren.«

»Können wir ihn denn wirklich damit retten?« fragte Amos, denn er war müde und von Selbstzweifeln gequält. »Ein älterer Gelehrter, ein einohriger Hund mit einer lahmen Pfote, ein einohriger Elefant und eine einäugige Katze – allesamt angeführt von einem Bären, der für Gedichte schwärmt. Das kommt mir irgendwie nicht so recht bedrohlich vor.«

»Richtig. Aber wirklich wichtig ist, daß wir Mut und Entschlossenheit besitzen. Das wiegt alle fehlenden Ohren und Augen wieder auf.«

Amos seufzte: »Na gut, na gut.«

Eisenbeißer stand mitten auf dem Gang zwischen den Campingausrüstungen, direkt unter einer der Sicherheitslampen, die die ganze Nacht brannten. Seine Metallhaut glänzte hell. Er hielt Hupf an den Löffeln und wartete geduldig darauf, was sich weiter ereignen würde.

Lissie hatte sich in einem ausgestellten Zelt versteckt. Neben ihr, auf einem Turm aus mehreren Kartons, lag ein Gewehr und zielte links an Hupf vorbei. Nur die Mündung des Laufes ragte aus den Stoffklappen des Zeltes heraus. Hinter einem Stapel Anglerausrüstungen duckte sich der Schratz mit einem zweiten Gewehr, das rechts von Hupf vorbeizielte.

Rex lag hinter einem Schneemobil auf dem dritten Schießgewehr, das auf den Abschnitt gerichtet war, wo der Hauptgang in einen anderen mündete. Man konnte nur die Spitze des Zylinders der Marionette sehen.

Hupf, der immer noch an seinen Ohren baumelte, rief erbittert: »Es wird nicht klappen, es kann nicht klappen, du buckliger Bolzenbeutel!«

Eisenbeißer sagte gar nichts.

»Erstens«, fuhr Hupf fort, »gehe ich jede Wette ein, daß ihr Burschen noch nie im Leben mit einer

Flinte umgegangen seid. Ihr habt ja gar keine Ahnung, was ihr da macht.«

Eisenbeißer schwieg.

»Und zweitens«, fuhr Hupf unerschrocken fort, »sind meine Freunde viel zu schlau für euch. O ja, schlau, schlau, superschlau! Sie werden um euch herumrennen, so daß keiner richtig auf sie zielen kann.«

Eisenbeißer sagte gar nichts.

»Und schließlich«, sagte Hupf, »sowie ich sie kommen sehe, werd' ich losschreien und sie warnen.«

Eisenbeißer ließ die zweite Hand über Hupfs Maul zuschnappen.

Er sagte: »Blödes Karnickel.«

Surr, surr, surr. Draußen schwirrte die Stecherin immer rund um das Kaufhaus herum, spähte in alle Straßen und Gassen und hielt nach den Zaubertieren Ausschau. Vergeblich.

Dafür sah sie zwei Menschen in den verlassenen Straßen der winterlichen Stadt. Der erste schien verstört zu sein. Es war der Mann, den sie am Abend im Wald angegriffen hatten. Er rannte in dem eisigen Sturm und dem Schneeregen ohne Mantel herum. Sein Anzug war durchnäßt. Er mußte halb erfroren sein, aber er rannte hin und her, schaute verzweifelt hinter Briefkästen und Mülleimer, spähte in dunkle Durchgänge und schien etwas zu suchen.

Der zweite Mann bewegte sich langsamer als der erste, marschierte aber unbeirrt geradeaus. Er kam die gleiche breite Straße entlang, und er trug einen großen Koffer. In dem Augenblick, in dem die Stecherin den Mann mit dem Koffer sah, wurde sie von Erregung gepackt. Sie stieg steil in den Sturmwind, zog ein paar wilde Kreise und warf sich in einen rasenden Achter. Die Nacht selbst schien mit schwacher, geisterhafter Stimme zur Stecherin zu sprechen, und sie sagte: »Hier kommt euer neuer Herr, der neue Spielzeugmacher, hier kommt er, ein Mann, der Kinder haßt, der aber dich und deinesgleichen liebt und euch bedeutend machen wird.«

»Wir werden gewinnen«, summte die Stecherin, »wir werden sssicherlich gewinnen.«

Surr, surr, surr.

Rex hörte ein leises Brummen. Bevor er begriff, was geschah, brauste der Bär in einem bunten Sportwagen an ihm vorbei.

Der einäugige Kater saß neben dem Bären im Beifahrersitz und umklammerte den Schaft einer Feuerwaffe. Der Elefant stand wackelig und schwankend auf der Kühlerhaube, direkt vor der Katze, und er stützte den Lauf derselben Waffe und zielte auch damit.

Rex, der auf der geladenen Schrotflinte lag, griff mit beiden Händen nach unten und zerrte am Abzug. Aber der Sportwagen fuhr zu schnell. Der Schuß verfehlte die Rückseite des Wagens und zerknallte die auf der anderen Seite ausgestellten Thermosflaschen und Eiskästen in einen Hagel aus tausend Scherben. Der Rückstoß der Flinte riß sie aus ihrer Halterung und ließ Rex wie ein Stück Papier im Sturmwind durch die Luft wirbeln.

Der erste Wagen war auch an Lissie vorbei, ehe sie begriff, was geschah. Doch dann summte ein zweiter Wagen dicht hinter dem ersten drein, der alte Kerl saß am Steuer, der Hund daneben, und Lissie nahm diesen ins Visier. Der Rückstoß riß sie samt dem Zelt und dem Zeltgestänge um, und sie kreischte wütend auf und zeterte weiter, während sie sich aus dem Wust von Zeltleinwand herauskämpfte.

Der Schratz in der Kiste sah, daß ein paar Schrotkörner den zweiten Wagen getroffen hatten, jedoch nicht genug, um den Köter und den alten Zausel zu erledigen. Der Wagen hatte Löcher im Blech, funktionierte aber trotzdem. Das erste Auto raste am Eisenbeißer und dem Karnickel vorbei. Der Schratz war darauf gefaßt, in dem Augenblick abzudrücken, in dem er die Stofftiere direkt vor dem Lauf hatte. Aber plötzlich schwenkten sie vom Gang ab und verschwanden hinter den Ausrüstungen für Sportfischer. Weil er nicht zum Schuß gekommen war, ließ der Schratz die Flinte, wo sie war, und rollte vorwärts, wo er wieder auf den Wagen zu stoßen hoffte. Er wollte den Elefanten mit einem Griff vom Kühler zerren. Aber dann sah er, daß der Elefant und der Kater sich an einer merkwürdigen Schußwaffe zu schaffen machten, und einen Augenblick später –

Peng-peng-peng!

Drei weiße Plastikbälle knallten dem Schratz mitten ins Gesicht. Er schien nicht verletzt zu sein, aber er war zu Tode erschrocken. Er ließ sich in die Kiste fallen und klappte den Deckel über dem Kopf zu.

Das erste Auto schoß wieder zwischen den Anglerangeboten hervor und bremste so scharf vor Eisenbeißer, daß die Reifen quietschten. Der Elefant zielte mit seiner Weltraumwaffe, die Katze drückte ab und traf den Eisenfresser mitten ins Gesicht –

Peng-peng-peng-peng, vier weiße Plastikbälle.

Die kräftigen Geschosse ließen Eisenbeißer auf seinen plumpen Füßen wanken, taten ihm aber nichts weiter. Peng-peng-peng!

Der Elefant trompetete: »Das ist für dich, du Konservendosenschädel!«

Eisenbeißer, heil, aber von diesen zudringlichen Weichbäuchen aus der Fassung gebracht, ließ das Karnickel fallen, streckte beide Eisenhände aus und machte einen großen knarrenden Schritt auf den Wagen zu. Er wollte ihn packen und rütteln und schütteln, bis sie alle aus ihm herauspurzelten. Dann wollte er mit seinen Metallfäusten auf sie eindreschen, bis sie nur noch ein Haufen Fetzen und eine Wattewolke waren.

In dem Augenblick, in dem der Roboter jedoch Hupf losließ, raste der Alte mit dem zweiten Wagen an dem Auto von Amos vorbei und bremste neben dem Karnickel.

»Spring rein!« schrie Karamel vom Beifahrersitz.

Und ein einziges Mal in seinem Leben hielt sich das Kaninchen nicht damit auf, einen Witz zu reißen. Es hopste geradewegs auf den Rücksitz und hielt sich mit beiden Vorderpfoten am Rollbügel fest. »Bloß raus hier!«

Peng! Der Gestiefelte Kater und Einstein schossen ihren letzten Pingpongball ab.

Der Roboter ließ eine Hand auf den Wagen krachen.

Amos nahm den Fuß von der Bremse und trampelte auf dem Gashebel herum, aber der Druck der einen Roboterhand reichte aus, um sie an den Boden zu nageln. Die Räder wirbelten auf der Stelle, aber der Wagen konnte nicht fahren.

Der Gestiefelte Kater sagte: »He, großer Bruder, wie wär's denn, hättest du nicht gerne die tödlichste Zerstörungswaffe der ganzen Welt? Würdest du nicht gerne ganze Städte auslöschen und Berge in die Luft pusten?«

Der Roboter hatte schon die freie Hand nach dem Kopf des Gestiefelten Katers ausgestreckt. Jetzt zögerte er, und seine gelben Augen leuchteten hell auf. »Klar.«

»Würde es dir nicht gefallen, wenn alle vor dir Angst hätten, selbst Rex, und wenn du jeden zerknacken könntest, der dir in die Quere kommt?«

»Knirsch und knacks, reiß und beiß«, sagte der Roboter.

»Jawohl, knirsch und knacks, reiß und beiß«, bestätigte der Gestiefelte Kater.

»Quietsch und quatsch auch«, sagte Einstein.

»Quietsch und quatsch, knirsch und knacks, reiß und beiß«, sagte der Roboter.

»Dann ist dies genau das richtige für dich«, sagte der Gestiefelte Kater und reichte dem Roboter die

Waffe des galaktischen Helden, das elektronische Rülpsgewehr, den »Schrecken der Außerirdischen«.

Der Eisenbeißer hob verwirrt die Hand vom Auto und nahm die ungeladene Waffe in Empfang.

»Los, Amos!« riefen Einstein und der Gestiefelte Kater.

Amos knallte die Pfote auf den Gashebel, und sie entwischten, ehe der Roboter das galaktische Gewehr fallen lassen und wieder nach dem Wagen greifen konnte.

Mit Hupf hinten im Wagen raste der Alte den Fluchtweg entlang, den sie sich zurechtgelegt hatten. Es wartete aber eine Überraschung auf sie. Die weibliche Marionette hatte sich aus der zusammengestürzten Campingausrüstung befreit und trat ihnen nun in den Weg. Der Alte hatte keine Zeit mehr zu bremsen oder ihr auszuweichen. Sie schaute auf, ebenfalls verblüfft, und dann hatte der Alte sie erwischt.

Die Marionette fiel auseinander. Ihr Holzkopf sprang ab. Ihr linkes Bein brach vom Rumpf ab und flog nach rechts, und ihr rechtes Bein flog nach links. Ein Arm wirbelte hoch in die Luft, und der andere landete zwischen dem Alten und Karamel im Wagen.

Es war der Arm mit der Zigarettenspitze, und er war noch voll von tückischer Lebendigkeit. Er krallte sich vom Sitz nach oben und bohrte die glühende Zigarettenspitze in die Stirn des Alten, so daß seine weiße Mähne Feuer fing. Karamel knurrte und faßte den Arm mit den Zähnen. Sie stellte sich auf den Sitz, stemmte die Vorderpfoten auf die Tür, beugte den Kopf weit aus dem Wagen und ließ das üble Stück, das im letzten Augenblick noch versucht hatte, auch sie mit der brennenden Zigarette zu versengen, auf den Gang fallen. Der Alte ließ das Steuerrad los und fuhr mit beiden Händen an den Schädel, um die Flammen zu löschen. Der Wagen schleuderte hin und her. Gerade als der Alte das Feuer ausgedrückt hatte, sah er eine wohlbekannte leuchtendrote Kiste auf sie zurollen. Schon klappte der Deckel auf, und der Schratz fuhr heraus, um zu sehen, was da vorging.

»Ihhh!« schrie der Schratz, als er den Wagen auf sich zurasen sah. Der Alte trat auf die Bremse. Sie knallten gegeneinander.

Der Schratz fiel nicht wie die Marionette auseinander, aber er wurde umgestoßen. Sowie der Wagen stand, war Hupf mit einem gewaltigen Satz bei den Campingausrüstungen.

»Hupf, komm sofort zurück!« rief Karamel.

Aber Hupf hatte etwas erblickt, und es war ihm dabei eingefallen, wie sie den verrückten Schratz im Kasten ein für alle Mal loswerden konnten. Das Karnickel war im Handumdrehen mit ein paar flexiblen Befestigungsschnüren aus Gummi zurück, die er aus den Trümmern der zusammengebrochenen Campingauslage gezerrt hatte. Während sich der Schratz noch auf die Räder kippte, hatte Hupf schon den Deckel der roten Kiste zugeklappt, warf sich bäuchlings drauf und drückte sie mit seinem Gewicht zu. Von drinnen versuchte der Schratz verzweifelt, den Deckel wieder aufzustemmen, aber

Hupf ließ nicht locker und begann eine Gummischnur um die Kiste zu wickeln und an den Metallhaken zuzuhaken.

Der Alte kletterte schnell aus dem Auto, um Hupf zu helfen. Gemeinsam schafften sie es, spannten eine Trosse oben herum über den Dekkel und die zweite andersherum.

Der Schratz kreischte drinnen wie besessen und pochte wütend an die Wände seines rollenden Heims, das ihm plötzlich zum Gefängnis geworden war.

»Folgt mir im Auto«, sagte Hupf.

»Wohin willst du denn?« fragte der Alte.

»Zu den Rolltreppen«, antwortete Hupf.

»Ausgezeichnete Idee. Oh – was ist denn mit deinem Schwanz passiert?«

»Evolution«, erwiderte Hupf.

Leicht verwirrt durch diese Antwort, hinkte der Alte zum Wagen, setzte sich ans Steuer und folgte Hupf, der in gewaltigen Sätzen den Gang entlangraste, um die Ecke bog und in den nächsten Gang einschwenkte und dabei den Schratz in der Kiste vor sich herstieß. Als er oben vor der abgestellten Treppe stand, wo ein besonders helles Warnlicht brannte, gab Hupf der roten Kiste einen letzten und besonders kräftigen Tritt. Die Kiste überschlug sich und polterte die endlos lange Treppe mit ihren gerillten eisernen Stufen hinunter.

Amos kam in dem anderen Auto mit Einstein und dem Gestiefelten Kater angefahren, und sie scharten sich alle um das Ende der Rolltreppe und blickten auf den Splitter- und Scherbenhaufen hinunter, der einstmals der Schratz in der Kiste gewesen war.

»Er hätte den Aufzug nehmen sollen«, sagte Hupf.

Alle lachten, und Amos sagte: »Hupf, das war wirklich ein guter Witz!«

Hupf grinste vor Stolz übers ganze Gesicht. Doch da begannen im ganzen Warenhaus die Alarmglocken zu schrillen.

»Die Nachtwächter«, sagte der Alte. »Sie müssen die Schüsse gehört haben. Die Polizei wird gleich hier sein.«

»Als Katze hab' ich Abenteuer ja ganz gern«, sagte der Gestiefelte Kater, »aber allmählich reicht's mir.«

In dem Gang, durch den Amos und der Alte gefahren waren, tauchten Rex und der Roboter auf und rannten auf die Zaubertiere zu.

»Schnell«, befahl Amos, »die Rolltreppe rauf zum vierten Stock!«

Viktor ging gerade halb erfroren am Haupteingang des Kaufhauses vorbei, als drinnen die Alarmglokken losschrillten.

Er wußte sofort, daß dieser Alarm nichts mit normalen Einbrechern zu tun hatte, sondern mit den Spielsachen zusammenhing, die er die ganze Nacht verfolgt hatte. Er stürzte zu den großen Türen, rutschte dabei auf dem Schneematsch aus und stellte natürlich fest, daß sie versperrt waren. Er preßte das Gesicht an die Glasscheiben und schaute in das Innere des Kaufhauses, konnte aber nichts Ungewöhnliches feststellen.

Er ging um das Gebäude herum, um nach einem Seiteneingang zu suchen, und er mochte vielleicht zehn oder zwölf Schritte gemacht haben, wobei das Eis unter seinen Füßen krachte, als er ein sonderbares Surren vernahm, das sich mit dem Heulen des Windes mischte. Als er aufblickte, sah er etwas Kleines etwa fünf Meter über sich schnell durch die Nacht schwirren.

Auch wenn er keinen Blick auf den gelb- und schwarzgestreiften Rumpf erhascht hätte, auch wenn die haßerfüllten roten Augen nicht im Vorbeisurren direkt auf ihn gerichtet gewesen wären, hätte er doch sofort gewußt, daß es die Spielzeughornisse war.

Er äugte argwöhnisch in den Schneeregen empor und sah, wie das Insekt um die nördliche Ekke des Gebäudes schwirrte und damit seinen Blikken entschwand.

Sie fliegt Patrouille, dachte Viktor, sie überprüft die Ausgänge.

Also muß drinnen irgend etwas im Gange sein.

Er rannte weiter zur Nordseite des Kaufhauses, doch da hörte er, wie Zacharias Zack hinter ihm schrie: »Liebmann! Warten Sie doch! Das Geld, Liebmann! Es ist doch ein Haufen Geld!«

Die Zaubertiere waren zum vierten Stock hinaufgekrabbelt. Links befand sich die Abteilung für Haushaltswaren und rechts die Feinschmeckerekke. Rex war nicht zu sehen, aber Eisenbeißer hatte die abgestellte Metalltreppe bereits zu einem Drittel erklommen.

Amos erhob seine Stimme, damit sie die lauten Alarmglocken übertönte, und rief: »Sucht Sachen zusammen, die wir ihm auf den Kopf schmeißen können!«

Der Alte und der Gestiefelte Kater rannten in die Feinschmeckerecke und kehrten, jeder mit zwei Konservendosen Haselnußmus und zarten Spargelspitzen, zurück. Diese ließen sie auf den Eisenbeißer fallen.

Er wich unbeirrt den polternden Dosen aus und kletterte klirrend weiter.

Amos zog einen Toaster von einem Gestell, zerrte ihn zur Rolltreppe und gab ihm einen Schubs, so daß er zum Roboter hinunterkrachte. Dabei platzten einige Einzelteile ab, doch dem Eisenbeißer tat er nichts, weil er schon eine Stufe über ihm den Schwung verlor.

»Wo ist Rex?« fragte Hupf beunruhigt.

»Keine Ahnung«, antwortete Amos, »wüßte ich auch ganz gern.«

»Und die Hornisse?«

»Hab' ich auch nicht gesehen.«

»Liegen sicher irgendwo auf der Lauer, da geh' ich jede Wette ein.«

»Kann schon sein«, sagte Amos.

»Am Ende sogar verkleidet«, sagte Hupf bedrückt.

»Als was denn verkleidet?«

»Weiß der Himmel. Kann ja alles sein, jeder, alle . . .«

Einstein stampfte mit einer gewaltigen Keksdose aus Belgien herbei.

»Könnten sich als Einstein verkleidet haben!« sagte Hupf und fuhr ängstlich vor dem Elefanten zurück.

Einstein fragte: »Wie?«

Hupf fragte streng: »Wer sind Sie?«

Einstein machte ein dummes Gesicht. »Ich bin ich.«

»Bist du das wirklich?« fragte Hupf mißtrauisch.

Einstein zwinkerte Amos zu und sagte: »Hupfs Verstand scheint ihm im Schwanz gesteckt zu haben. Jetzt, wo Rex ihn abgehauen hat, ist er dämlicher denn je.«

Hupf schaute Amos an und fragte, immer noch schlotternd vor Angst: »Wie kann ich denn wissen, ob selbst du derjenige bist, der du zu sein scheinst?«

»Und wie können wir so sicher wissen, daß du wahrhaftig Hupf bist?« fragte Amos.

Einstein starrte die beiden einen Augenblick an, dann zuckte er die Schultern. »Also irgendwie müßte ihr alle beide den Verstand verloren haben.« Dann schaute er die Rolltreppe hinunter auf Eisenbeißer. »Ein ganz schön dickköpfiges Stück Schrott, was?«

Mit diesen Worten schleuderte er die Keksdose auf den Roboter.

Eisenbeißer duckte sich und versuchte, sich so dicht wie möglich an die obere Stufe zu schieben. Die Keksdose prallte von seinem Schädel ab, und er erhob sich unverletzt und ohne Schrammen, und seine gelben Augen glühten sengender denn je.

Amos riß einen zweiten Toaster von dem Gestell und stieß ihn hinunter, und der Gestiefelte Kater warf zwei kleine Kaviargläser nach, die in tausend Scherben zersprangen und Eisenbeißer mit Splittern und Fischeiern verklebten. Der Alte warf ein paar Packungen Delikateßeiscreme hinterher – Schokolade mit Nuß, Karamel und Rum mit Rosinen –, und Einstein bombardierte Eisenbeißer mit zwei weiteren Keksdosen, von denen eine zerplatzte. Karamel stupste ein paar Blumenvasen die Rolltreppe hinunter, was den Scherbenhaufen noch vergrößerte. Und obgleich er seinen Freunden ununterbrochen mißtrauische Blicke zuwarf, weil er immer noch fürchtete, daß einer ein verkleideter Rex wäre, beteiligte sich Hupf emsig an der Bombardierung und bewarf Eisenbeißer mit einer Käsereibe, einem Kartoffelschäler, zwei Dosen mit Teebeuteln und einem Paar Kerzenleuchter aus Messing.

Die Rolltreppe sah wie eine Müllkippe aus, war klebrig und feucht von den verschiedenen Lebensmitteln, aus denen verbogenes Blech herausragte und Glassplitter in allen Größen und Farben.

Aber Eisenbeißer kletterte unverdrossen weiter nach oben. Er war ein paarmal voll getroffen, aber nicht schwer verletzt worden.

»Jetzt ist die Stunde der schweren Geschütze gekommen«, verkündete Amos. »Kommt, faßt mit an!«

Er führte die anderen Zaubertiere zu einem Teewagen, der mit englischem Steingutgeschirr vollgepackt war. Mit vereinten Kräften schafften sie es gerade, den schweren Wagen zum Ende der Rolltreppe zu schieben und ihm einen Stoß zu geben.

Unten schaute der Roboter der herabdonnernden Lawine entgegen und sagte: »Schlimm für Eisenbeißer.«

Da krachten der Teewagen und das Geschirr auf den Roboter und rissen ihn mit, die ganze Rolltreppe hinunter, und er zerschellte unten und wurde unter den Trümmern begraben. Das gelbe Licht in seinen Augen flackerte nur noch einmal auf und erlosch dann.

Viktor Liebmann hörte in der Ferne die Sirenen. Er war sicher, daß der Alarm im Kaufhaus die Polizei herbeigerufen hatte. Er rannte an der Nordseite des Gebäudekomplexes entlang und bog in einen Durchgang ein, der sich dahinter öffnete. Er wußte, daß Zack, durch den Koffer voll Geld behindert, ihm folgte, aber das war ihm gleichgültig. Nur eines war ihm jetzt wichtig: die Spielsachen. Sie wollte er finden.

Gerade als er durch die nur leicht gefrorenen Pfützen der Einfahrt krachte und planschte, öffnete sich auf der Rückseite des Kaufhauses ein Notausgang, keine zehn Schritte von ihm entfernt. Ein paar ausgestopfte Tiere purzelten heraus. Sie schienen einander auf den Schultern gestanden zu haben, um den Riegel zu erreichen, der die Tür versperrte, und als diese nachgab, waren sie alle herausgefallen. Wer zuoberst auf dem wackligen Turm gestanden hatte, war am weitesten geflogen und in den eisigen Pfützen gelandet. Der Bär und der Elefant, die offensichtlich die Basis dieses Turmes gebildet hatten, wankten heraus, während das Kaninchen immer noch versuchte, sich auf ihren Schultern im Gleichgewicht zu halten.

»Jippi!« schrie das Kaninchen.

Der Bär und der Elefant stolperten fast über die Figur, die wie ein alter zerraufter Mann aussah und vor ihnen aus der Tür gekullert war.

Das Kaninchen, das auf den Schultern des Bären und des Elefanten hin und her schwankte, schrie wieder: »Jippi!«

Der Bär und der Elefant stolperten nach links.

»Jippi!«

Der Bär und der Elefant stolperten nach rechts.

»Jippi!«

Sie stolperten fast über den Hund und stürzten dann wirklich über den Gestiefelten Kater.

»Jippi-Jippiii!«

Das Kaninchen, von den Schultern seiner Kameraden geschleudert, landete mit dem Gesicht im gefrorenen Schneematsch und schüttelte sich, während es wieder auf die Beine kam.

»Zu einer anständigen Revuenummer hätt's bei euch wirklich nicht gereicht!« sagte es.

Viktor Liebmann starrte die kleinen Geschöpfe voll Bewunderung, Schreck und Entzücken an. Als sie ihn jedoch bemerkten, erstarrten sie.

Nach einer Weile sagte der Bär: »Na, es ist wenigstens derselbe Erwachsene.«

Bevor sich Viktor auch nur im geringsten erklären konnte, was das bedeutete, sah er, wie die Marionette im Smoking mit einem mächtigen Satz hinter einem Müllkübel hervorsprang, den Elefanten mit einem Bajonettstock angriff und ihm den Rüssel abschlug.

»Nein!« brüllte der Bär und warf sich mutig auf die Marionette.

Da schoß die Hornisse senkrecht aus dem Himmel und traf den Bären so stark, daß er umkippte und sie mit sich riß. Der Stachel der Hornisse war groß und so scharf, daß er die Brust des Teddybären durchbohrte und am Rücken wieder herauskam. Der arme Kerl war buchstäblich aufgespießt. Die Hornisse ruckelte und zuckelte, bis sie sich von ihrem Opfer wieder befreite und abermals in der Nacht verschwand.

Beim Angriff der Hornisse war die Marionette nachgerückt. Als der Bär sich aufzurichten versuchte, griff sie wieder an. Die Klinge blitzte im matten Licht der Straßenlampe auf, die Baumwollfüllung flog dem Bären in Flocken aus dem aufgerissenen Bauch und verteilte sich überall auf dem Pflaster.

»Nein!« brüllte der rüssellose einohrige Elefant.

Die Katze und das Kaninchen warfen sich auf die Marionette, aber diese stieß sie mit übernatürlichen Kräften beiseite und hieb weiter auf den Bären ein. Der Hund sprang die Marionette an und versuchte, ihr die weichen Zähne in den harten Hals zu graben. Sie schüttelte ihn nur ab.

Dann griffen alle fünf Freunde des Bären gemeinsam an. Ihre zarten, wütenden Stimmen hallten durch den Durchgang, und keiner kümmerte sich um das Heulen der Polizeisirenen, die immer näher kamen.

Auch Viktor stürmte vor, er wollte die Kämpfer voneinander trennen und die Marionette daran hindern, weiter um sich zu schlagen. Da stürzte die Hornisse wieder aus der Höhe und schwirrte vor Viktors Gesicht herum. Ihr langer, gefährlich scharfer Stachel war auf seine Augen gerichtet. »Halten Ssssie sssich hier herausss.«

Viktor fuhr zurück. Er war erschrocken und verwirrt. Aber doch nicht so sehr, daß er nicht mehr denken konnte. Er sah zu seinen Füßen den Dekkel eines Mülleimers liegen, hob ihn auf und knallte ihn mit einer einzigen schnellen Bewegung gegen die Hornisse.

Klirr!

Die Hornisse prallte wie ein Geschoß an die Mauer des Kaufhauses und stürzte auf das Plaster.

Ehe sie sich wieder aufrappeln und abschwirren konnte, trat Viktor auf sie, einmal, zweimal und immer wieder, bis er spürte, wie sie unter seinen Schuhsohlen in Stücke brach.

Als er sich wieder den Tieren zuwandte, sah er, daß der Elefant und die Katze einen zweiten Mülleimerdeckel als Schild benutzten und die Marionette zurücktrieben. Fort von dem schwerverletzten Teddybären. Hinter der Marionette waren die Figur, die wie ein alter Mann aussah, das Kaninchen und der Hund dabei, mit äußerster Anstrengung einen

Kanaldeckel aus seiner Halterung zu zerren. Sie hofften offenbar, die Marionette so zu überlisten, daß sie rücklings in das Loch stürzte.

Aber die Marionette fuhr herum, sah die Falle und stieß ein häßliches Lachen aus. »So leicht werdet ihr mich nicht los, ihr blöden Wattebäuche. Euch allen reiß' ich noch die Füllung aus dem Wanst, dann ist es aus mit euch.«

»Nein!« rief Viktor. Er stürzte vor und stieß die Marionette geradewegs ins Loch. Mit einem Wutschrei fiel sie ins Abflußrohr.

Viktor schob den eisernen Deckel wieder an Ort und Stelle, und damit war die Marionette gefangen.

Die Spielzeugtiere hatten sich um den zerschlagenen Teddybären geschart und schluchzten. Viktor hatte noch nie in seinem Leben so herzzerreißende Klagelaute gehört. Die Sirenen kamen immer näher, waren aber noch ein paar Straßen weit entfernt. Auf den vereisten Fahrbahnen der Stadt konnte selbst die Polizei nicht so schnell fahren, wie sie wollte.

Zacharias Zack war mit seinem Koffer voll Geld unterdessen um die Ecke gebogen und rannte den Durchgang entlang.

»Viktor!«

Viktor beachtete ihn gar nicht. Er trat zu den Tieren und ließ sich neben dem Teddybären auf die Knie nieder.

Der zerfetzte Braune lag auf dem Rücken, die Vorderpfoten weit abgespreizt. Seine Augen waren Glasknöpfe, und er sah aus, als ob er niemals lebendig gewesen wäre. Der größte Teil seiner Füllung war aus ihm herausgerissen, und der Plüsch, der ihm als Fell diente, war flach wie ein leerer Schlauch.

»Amos«, sagte der Elefant, »o Amos, Amos, setz dich bitte auf und sprich zu uns.«

»Bitte«, flehte Hupf, »Amos, führ uns bitte.«

Der Bär regte sich nicht.

»Er hat zu viel Fülle verloren«, sagte Karamel, »der arme, liebe, tapfere Amos ist gestorben.«

Viktor sagte, während er eins der lebendigen Tiere nach dem anderen betrachtete: »Ich weiß nicht, wer ihr seid und was ihr heute nacht vorhattet. Ich kann auch nicht begreifen, wieso ihr lebendig seid und wieso dieser Bär da, der ja wohl auch gelebt hat, gestorben sein kann. Aber ich nehme euch mit. Ich werde euch dorthin bringen, wo ihr hinwollt. Ich möchte euch helfen. Ich glaube, ihr seid die Lieblingsgeschöpfe meines Onkels Isaak, und ich will alles für euch tun, was in meinen Kräften steht. Bitte erlaubt mir, euch zu helfen.«

»Nehmen Sie das Geld, Sie hirnrissiger Narr«, sagte Zack, der sich plötzlich über sie beugte, eine große, schattenhafte, drohende Gestalt. Er knallte den Koffer auf das Pflaster, ließ die Schlösser aufschnappen und klappte den Deckel auf. Lautlos senkten sich die Schneeflocken auf die schmutzigen Geldscheine. »Nehmen Sie das Geld und verschwinden Sie. Sie haben es mit mächtigen Kräften aufgenommen, mit der Macht der Finsternis, und Sie können nicht gewinnen. Nehmen Sie das Geld.«

»Dann haben Sie auf der Seite dieser ... dieser anderen Spielsachen gestanden?« fragte Viktor.

»Sie und ich dienen demselben Herrn«, antwortete Zack, »und unser Herr wird Sie lebendig verschlingen, wenn Sie mir nicht aus dem Weg gehen.«

»Ich fürchte weder Tod noch Teufel«, sagte Viktor, »und an den einen hab' ich bis zu dieser Nacht nicht einmal geglaubt.«

Der Elefant, die Katze und das Kaninchen hoben den Bären vom nassen Pflaster hoch. »Wir müssen ihn zu Martha Miller schaffen«, sagte der Elefant, »vielleicht kann sie ihn wieder lebendig machen.«

»In einer Minute wird die Polizei hier sein«, sagte Zack, »dann müssen diese Spielzeugtiere wieder so tun, als ob sie Spielzeugtiere wären, und die Bullen werden denken, Sie hätten sie im Kaufhaus geklaut. Sie werden sie weder zu Martha Miller noch woanders hingehen lassen.«

Viktor trat gegen den Koffer, daß er umkippte und die Geldscheine durch die Luft flatterten und auf dem nassen Pflaster kleben blieben. »Und was wird die Polizei dazu sagen, zu all diesem Geld? Können Sie erklären, wo Sie es herhaben, Mr. Zack? Bilden Sie sich etwa ein, sie ließen Sie entkommen?«

Furcht flackerte in Zacks tückischen Augen auf, die gewöhnlich kein anderes Gefühl als Haß zeigten. Viktor vermutete, daß der Mann schon einmal längere Zeit im Gefängnis verbracht hatte und nie wieder dorthin zurückkehren wollte.

»Ich werde Sie ermorden, Liebmann.«

»Nur zu, nur zu. Versuchen Sie es doch«, antwortete Viktor und stellte sich schroff vor ihm auf, »die Polizei wird gerade rechtzeitig hier eintreffen, um Sie über meiner Leiche zu erwischen.«

Zack zögerte. Er stieß ein dünnes, klägliches Winseln aus, und dann machte er sich hastig daran, die zerstreuten Banknoten wieder einzusammeln und in den Koffer zu stopfen.

Viktor hockte sich vor den Tieren nieder und sagte: »Klettert an Bord, ihr Kleinen. Wir müssen von hier verschwinden.«

Die Katze und das Kaninchen krabbelten auf Viktors Schultern und klammerten sich an seinem Jackenkragen fest. Der ältere Herr setzte sich Huckepack auf Viktors Nacken und suchte mit den behandschuhten Händen in Viktors regennassen Haaren Halt. Den Elefanten klemmte Viktor unter den einen Arm und den Hund unter den anderen, und zum Schluß hob er behutsam und zärtlich den leblosen, schlappen Teddybären auf.

»Kennen Sie den Weg zu Martha Millers Spielzeugladen?« fragte das Kaninchen ängstlich.

»Ach, Mrs. Miller!« rief Viktor. »Ja, natürlich, sie hat doch seit Jahren die Spielsachen von Onkel Isaak verkauft. Ich glaube, ich bin schon ein paarmal an ihrem Laden vorbeigekommen, und wenn ich mich nicht irre, muß er hier ganz in der Nähe sein.«

Während die Polizeisirenen nur noch eine Straße weit entfernt zu sein schienen, ließ Viktor Zacharias Zack mit seinem Geld allein. Er rannte schnell den Durchgang entlang, schneller als der Wind, der ihn vergeblich einzuholen versuchte.

In dem Kanalsystem der Stadt hatte auch die Elektrizitätsgesellschaft ihre Kabel verlegen lassen. In einem der Verbindungskästen war ein Kurzschluß entstanden, und helle, knisternde Funken sprühten auf den schmalen steinernen Fußweg neben dem unterirdischen Fluß.

Der Smoking von Rex war so naß, daß die Funken sofort verzischten, als sie auf ihm landeten. Es war keine Gefahr, daß er Feuer fing.

Um die Funken machte er sich auch keine Sorgen. Viel schlimmer war, was diese Funken enthüllten. Er sah nämlich in ihrem unruhigen Licht, daß eine Gruppe von außergewöhnlich großen, bösartig wirkenden Ratten den Weg vor ihm versperrte. Ihre silbernen Schnurrhaare hatten sich gesträubt. Ihre weißen Zähne glitzerten. Ihre roten Augen funkelten im Widerschein der elektrischen Funken. Rex wußte, daß Ratten kein Bedürfnis haben, Marionetten zu fressen, aber er spürte trotzdem eine unbestimmte Furcht vor ihnen. Dann sah er jedoch, daß ihn diese Wegelagerer nicht bedrohten, sondern sich fast vor ihm zu verneigen schienen, wie unterwürfige Diener. Sie verhielten sich außerdem vollkommen still und wimmelten nicht so aufgeregt herum, wie es gewöhnliche Ratten meistens tun.

»Aha«, sagte Rex, »dann hat euch wohl mein Herr geschickt. Oder? Ihr kommt doch wohl vom Fürsten der Finsternis?«

Die Ratte, die das Rudel führte, stellte sich auf die Hinterpfoten, und es verwunderte Rex nicht im geringsten, daß sie zu sprechen begann. Ihre Stimme klang schwach, aber so durchdringend, daß Rex zusammenzuckte, und sie sagte mit dieser hohen, schrillen, strengen Stimme: »Wir sind von ihm gesandt, der in der Tiefe herrscht. Dein Herr, unser Herr, der Herr aller Bösen. Er befiehlt dich zu sich, und wir werden dir den Weg weisen.«

»Geht voraus«, sagte Rex.

Die Ratten nahmen ihn zwischen sich, und er ging mitten in ihrem Gewimmel den Abflußkanal entlang in immer tiefere Dunkelheit.

»Sicherlich wünscht der Herr der Finsternis mir einen neuen Spielzeugtrupp zu unterstellen, damit ich die Zaubertiere weiter bekämpfen kann.«

»Das denkst du?« fragte der Anführer der Ratten.

»O ja. Mein erster Kampftrupp hat nämlich versagt.«

»Ach, wahrhaftig?«

»Ja, ja«, antwortete Rex, »Schratz, Eisenbeißer, Lissie und die Stecherin – sie haben alle nicht genug Haß im Leibe gehabt, um erfolgreich zu arbeiten. Waren alle weder stark noch gemein genug, um mir eine wirkliche Hilfe zu sein. Ich habe alles allein machen müssen.«

»Das muß schwer für dich gewesen sein«, bemerkte die Ratte. Sie bewegten sich jetzt in kohlpechrabenschwarzer Dunkelheit und gingen immer weiter nach unten, tiefer und tiefer. Rex konnte eigentlich auch nachts ausgezeichnet sehen, aber jetzt war er nicht imstande zu erkennen, wohin es ging. Er ließ sich einfach vom Druck der Rattenleiber neben und hinter sich führen.

»Mein Herr wird mir diesmal seine besten Krieger zur Verfügung stellen, die blutrünstigsten Dämonen werden mir helfen«, fuhr Rex fort.

»Ich fürchte, das wird nicht der Fall sein«, antwortete die Ratte. »Dein Herr glaubt, daß du versagt hast.«

»Aber nicht im geringsten!« schrie Rex. »Meine Leute haben versagt. Wenn ich bessere Kämpfer gehabt hätte –«

»Der Meister meint, daß wir verloren haben«, sagte die Ratte, »und daß der neue Spielzeugmacher nicht Zacharias Zack sein wird, sondern Martha Miller. Deshalb will er dich sehen.«

Plötzlich hatte Rex Angst. Zum erstenmal in seinem Leben. »Nein . . . nicht . . . warte . . .«

»Wir müssen uns sputen. Unser Herr und Meister erwartet uns.«

»Aber ich habe den Bären erledigt. Ich hab' sein Zauberleben aus seinem Balg gehauen.«

»Das war nur der Bär. Du hast nur einen einzigen von den sechsen aufgehalten.«

Die Ratten drängten ihn weiter, tiefer und tiefer . . .

Nach einer langen Weile wagte Rex zu fragen: »Was wird mein Meister mit mir machen?«

»Oh«, antwortete die Ratte, »er reißt dir sicher nicht die Glieder einzeln aus dem Leibe, und er wird dich auch nicht verbrennen. Das brauchst du nicht zu befürchten. Er will dich nur für immer bei sich haben.«

»Aber . . . das ist doch eine große Ehre«, rief Rex selig, »dicht an der Seite des Finsteren Fürsten, sein Gefährte. Was für eine Ehre. Da muß der Fürst der Finsternis doch begriffen haben, was ich für eine wertvolle Schöpfung bin, auch wenn mir einmal etwas mißglückte. Er muß erkannt haben, wie wahrhaft böse ich bin, wie begierig, ihm zu dienen, denn sonst würde er nicht wünschen, mich immer dicht bei der Hand zu haben.«

»Dicht bei der Klaue«, verbesserte die Ratte.

»Ja, natürlich.«

»Nun ja«, fuhr die Ratte fort, während sie weiter in die Dunkelheit marschierten, »ich fürchte nur, es wird ein wenig anders werden, als du es dir ausgemalt hast. Der Meister will dich immer dicht bei sich haben, das stimmt schon, aber von jetzt an wirst du mit Kopf und Gliedern an Fäden hängen.«

»Fäden?« schrie Rex entsetzt. »Aber ich bin frei. Ich bin nicht wie die anderen Marionetten. Ich habe keine Fäden. Ich mache, was ich will, und gehe, wohin es mir paßt.«

»Jetzt nicht mehr. Wenn der Meister nicht an den Fäden zieht, wirst du keine einzige Bewegung machen können. Du wirst nur das tun können, was der Meister will, gleichgültig, wie beschämend und bescheiden die Arbeit ist. Du wirst ganz und gar beherrscht sein. Du wirst niemals wieder führen, sondern immer nur geführt werden. Du wirst für immer und alle Zeiten vor denen baumeln, die sich dem Throne des Fürsten nähern, du wirst das abschreckende Beispiel sein, du wirst zeigen, wie es denen ergeht, die den Befehlen des Fürsten nicht folgen. Und wer dich sieht, dem wird bei deinem Anblick elend und übel werden, denn du wirst keinen Stolz mehr haben, keine Würde, keiner wird dich mehr achten, und es wird keine Hoffnung geben, daß dein Leiden jemals endet.«

Rex versuchte, sich umzudrehen und zu fliehen.

Da packten ihn die Ratten, hielten ihn fest und schleiften ihn hinab in den tiefen, finsteren, stinkenden Abgrund der Welt.

Im Durchgang hinter dem Kaufhaus hielt ein Polizist seine Waffe auf Zacharias Zack gerichtet, während sein Kollege den Koffer öffnete.

Das rote Flackerlicht auf dem Polizeiwagen verwandelte den Schneeregen in ein Gestöber gefrorener Blutstropfen. Es tupfte auch mit seinen roten Lichtfingern auf die Geldbündel im Koffer. Der Polizeibeamte kniff die Augen zusammen, musterte Zack mißtrauisch und fragte: »Woher stammt das Geld?«

»Es gehört mir«, antwortete Zack nervös.

»Und woher haben Sie's? Hier aus dem Kaufhaus gestohlen?«

»Nein! Überprüfen Sie es doch, dann werden Sie feststellen, daß nichts fehlt. Kein einziger Safe ist aufgebrochen.«

»Also, woher haben Sie es dann? Sind Sie so reich? Was ist ihr Beruf?«

Zack gab keine Antwort mehr. Wenn sie ihn überprüften, würden sie ja ohnehin rasch erfahren, daß er erst an diesem Morgen aus dem Gefängnis entlassen worden war. Sie würden erfahren, daß seine Besitztümer zu diesem Zeitpunkt nur aus den Kleidern bestanden, die er am Leibe trug, und aus hundert Dollar. Sie würden in ihn dringen und würden wissen wollen, woher dieses ganze Bargeld stammte. Er konnte ihnen nicht antworten, daß es ihm der Böse gegeben hatte. Er konnte ihnen überhaupt keine vernünftige Antwort geben. Am Ende würden sie einen ungelösten Raubüberfall herauskramen und sich gegenseitig davon überzeugen, daß nur Zack der Dieb gewesen sein konnte und daß er sich das Geld im Koffer unrechtmäßig angeeignet hatte. So würde er die nächsten Wochen oder Monate wieder im Untersuchungsgefängnis verbringen, ohne Hoffnung, gegen Bürgschaft entlassen zu werden, und nach Ablauf dieser Zeit würde er vor Gericht gestellt, verurteilt und wieder in die Zelle gebracht werden.

Er seufzte und sagte: »Ich hätte wirklich zu gerne kleine, gemeine Spielsachen gemacht. Daran hätte ich wirklich Spaß gehabt!«

Die neue Spielzeugmacherin

Über den schweren Eichentüren stand in bunten Glasbuchstaben das Wort »Wunderland«, denn so hieß Martha Millers Spielzeugladen. Dasselbe Wort war auf die große Schaufensterscheibe rechts neben der Eingangstür gemalt.

Der Gestiefelte Kater, Hupf und der Alte saßen immer noch auf Viktors Schultern und Nacken, Karamel und Einstein klemmten unter seinen Armen, während er Amos' zerfetzten Körper behutsam in der Hand hielt. So stand Viktor vor der Tür und läutete.

Im Laden und in der Wohnung darüber brannte kein Licht. Es war auch schon spät, drei Uhr morgens. Martha Miller, die hier seit dem Tode ihres Mannes vor einigen Jahren allein lebte, schlief sicher fest.

Viktor hatte Angst, daß sie die Glocke gar nicht hörte. Er klingelte noch einmal und ein drittes Mal.

»Zeigt Amos eine Spur von Leben?« flüsterte Hupf.

»Nein«, antwortete Viktor.

Einstein sagte betrübt: »Alter, du kennst die Geschichte der Zaubertiere und der Spielzeugzauberer, die sie seit Jahren gemacht haben. Sag uns jetzt, worüber wir immer schon nachgedacht haben. Was geschieht mit einem Zaubertier, wenn das Leben seinen Körper verläßt? Was geschieht mit seinem Geist? Was ist mit der Seele von Amos geschehen?«

»Das weiß ich nicht«, antwortete der Alte, der sich jetzt nicht mehr an Viktors Haaren festhielt, sondern an seinen Ohren. »Das ist das einzige, was mir Vater Isaak nicht verraten hat. Ich weiß über alles Bescheid, aber ich weiß nicht, was am Ende mit uns geschieht.«

Viktor drückte noch einmal auf den Klingelknopf, und da ging im Stockwerk über dem Laden das Licht an.

»Amos war ein braver Bär, ein tapferer Bär«, sagte der Gestiefelte Kater.

»Ein sehr guter Bär«, sagte der Alte, »einen besseren find' man nicht.«

Im Fenster über der Eingangstür tauchte das Gesicht einer Frau auf. Viktor trat von der Tür zurück und winkte Martha Miller zu. Er hoffte, daß sie ihn wiedererkannte, obgleich sie sich immer nur flüchtig begegnet waren. Hupf und der Alte und der Gestiefelte Kater winkten ebenfalls, Karamel wedelte schwach mit dem Schwanz und Einstein mit seinem Rüsselstumpf.

Mrs. Miller starrte einen Augenblick lang zu ihnen hinunter, dann wandte sie sich schnell um.

»Jetzt kommt sie«, sagte Viktor, »gleich wird sie hier unten sein, und dann kommen wir aus diesem gräßlichen Wetter raus.«

Martha Miller stand im Hinterzimmer des Ladens an ihrem Arbeitstisch, wo sie jeden Tag die vielen Spielsachen wieder heilmachte, die die Kinder in ihre Puppenklinik brachten.

Viktor Liebmann stand neben ihr. Der leere Bär lag mitten auf der Arbeitsfläche, und die fünf lebendigen Zaubertiere hatten sich kummervoll um ihren dahingegangenen Freund geschart.

Sie hatten alles berichtet, was geschehen war, und der Alte hatte erklärt, daß sie, Martha Miller, zum nächsten Spielzeugzauberer erwählt worden wäre.

»Wenn Sie die Aufgabe übernehmen«, fuhr der Alte fort, »dann wird die Kraft, die Vater Isaak beseelte, auf Sie übergehen, und Sie werden selbst Zaubertiere herstellen, um Kindern zu helfen.«

Martha Miller rannen die Tränen über die Wangen. Sie hatte Amos, den Bären, nicht gekannt, aber sein Tod betrübte sie trotzdem. Sie weinte jedoch nicht über ihn. Sie weinte, weil sie ihr ganzes Leben lang Kinder geliebt und sich immer eigene gewünscht hatte. Ihr Mann war kurz nach der Hochzeit krank geworden und gestorben, und deshalb hatte sie nie selbst Kinder gehabt. Sie war noch jung, aber manchmal war ihr das Leben einsam vorgekommen, weil sie sich nach einer Familie sehnte. Nun schien das Ende ihrer Einsamkeit gekommen zu sein. Sie würde immer die Gesellschaft der Zaubertiere haben, und das Bewußtsein, daß sie mit ihren Geschöpfen Hunderten von Kindern helfen konnte, tröstete sie.

»O ja«, sagte sie, »ich will die Aufgabe übernehmen. Ich bin einverstanden, die neue Spielzeugmacherin zu werden, und ich verspreche, mein Bestes zu tun.«

»Das hab' ich gewußt«, sagte der Alte und legte den Zeigefinger an seine lange Schnauze, »das hab' ich von Anfang an gewußt.«

Da spürte Martha, wie sie plötzlich eine große Wärme erfüllte und wie die Zauberkraft des Spielzeugmachers auf sie überging.

Viktor sagte: »Mrs. Miller –«

»Sagen Sie Martha zu mir«, antwortete sie und wischte sich die Tränen vom Gesicht.

»Gut, dann müssen Sie auch Viktor zu mir sagen. Also, was ich sagen wollte: Sie scheinen mir gar nicht so überrascht über diese Tiere zu sein, wie ich gedacht hatte.«

»Stimmt«, antwortete sie, »wegen . . . wegen Leo.«

»Wegen Leo?« fragte Viktor.

»Wer ist Leo?« fragte Hupf. »Klingt so, als ob es ein Revuestar aus Las Vegas wäre.«

»Wartet einen Augenblick«, sagte Martha. Sie drehte sich um und lief leichtfüßig wie ein junges Mädchen aus der Werkstatt. Eine Minute später war sie wieder bei ihnen. »Dies ist Leo«, sagte sie und setzte einen alten schäbigen Spielzeuglöwen auf den Arbeitstisch.

Die Zaubertiere betrachteten Leo interessiert und nickten einander bedächtig zu.

Martha sagte: »Meine Mutter starb, als ich erst sieben Jahre alt war. Eine Woche vor ihrem Tod hat sie mir Leo geschenkt. Ich war damals unglücklich, aber ich glaube, Leo hat mir geholfen, diesen Schmerz zu überwinden. Ich habe viel mit ihm gesprochen, und er hat mich getröstet und mir Mut gemacht. Er war damals mein bester Freund.«

Die Zaubertiere, die sie die ganze Zelt nicht aus den Augen gelassen hatten, nickten.

Martha fuhr fort: »Natürlich, als ich groß wurde, hab' ich gedacht, ich hätte mir das alles nur eingebildet, aber irgendwie war ich dann doch wieder sicher, daß Leo einmal wirklich lebendig war. Deshalb bin ich wohl auch nicht so überrascht gewesen, Viktor.«

Der Alte legte die Hand auf den Kopf des Löwen. »Ja, er ist einer von uns gewesen, das stimmt. Aus Vater Isaaks eigener Hand, und wenn ich mir Sie so betrachte, muß ich sagen, daß Leo gute Arbeit geleistet hat.«

Einstein und seine Freunde baten Martha, sich zuerst mit Amos zu befassen, ihn zu flicken und wieder ins Leben zurückzurufen. »Es ist zu schrecklich, ihn einfach so daliegen zu sehen wie einen gewöhnlichen Teddybären und außerdem noch kaputt.«

»Einstein«, antwortete Martha Miller, »ich fürchte, ich kann nichts mehr für Amos tun. Seine Aufgabe war erfüllt, und deshalb ist wohl seine Zeit abgelaufen.«

»Aber er hat noch nie einem Kind helfen können«, wandte Karamel ein, »und dazu wurde er doch geschaffen, genau wie wir.«

»Er hat zahllosen Kindern geholfen«, antwortete Martha mit sanfter Stimme, »indem er euch zu mir gebracht und Zacharias Zack daran gehindert hat, der neue Spielzeugmacher zu werden.«

»Aber trotzdem hat er noch nicht seinem eigenen, ganz besonderen Kind helfen können«, sagte Hupf.

»Das mag ja sein«, sagte Mrs. Miller, »aber trotzdem werde ich mit euch beginnen, mit euch Lebendigen. Ihr müßt die Gelegenheit bekommen, einem ganz besonderen Kind zu helfen, und dazu müßt ihr erst einmal wieder heil sein.«

Einstein setzte sich neben Amos auf den Arbeitstisch, eine Hand auf der Schulter des leblosen Bären. Er verfolgte interessiert, wie Martha Garn, Stoff und Nadeln zusammensuchte und andere Arbeitsgeräte, die sie in den Schubladen und in den Fächern und Kästen über dem Tisch aufbewahrte.

Sie band sich eine grüne Schürze um und flickte zuerst Karamel, indem sie der Hündin etwas neue Füllung in die Vorderpfote stopfte. Viktor fädelte ihr den braunen Zwirn in die Nadel ein, und sie nähte den Riß, der von der Müllkatze stammte, mit festen kleinen Stichen zu. Dann schnitt sie aus einem Stück braunem Cordsamt ein neues Ohr zu.

»Ich habe keinen Stoff, der zu deinem anderen Ohr paßt, aber dies wird auch sehr gut aussehen. Wie ein Ehrenzeichen, das uns immer daran erinnern wird, wie du deinen Freunden geholfen und was du alles auf dich genommen hast, um den Weg zur neuen Spielzeugmacherin zu finden.«

»Ich werde es gerne tragen«, sagte Karamel und schlug scheu die Augen nieder, während ihr Martha das neue Ohr annähte.

Einstein war überrascht und entzückt, als er feststellte, daß ihre Spielzeugmacherin auch Humor besaß. Denn statt Hupf eine neue Puderquaste anstelle des Schwanzes anzuheften, nähte sie einen fünfzackigen Stern, polsterte ihn aus und befestigte ihn auf dem Hinterteil des Karnickels.

»Ein Star in Hollywood wirst du ganz bestimmt nicht werden«, sagte sie dabei, »denn das ist nicht deine Bestimmung. Dafür verleihe ich dir diesen Stern, weil du ihn verdient hast.«

Mit Hilfe eines Handspiegels, den Viktor in die richtige Stellung brachte, untersuchte Hupf seinen Sternenschwanz und war hoch entzückt. »Irrsinnig schick!« rief er. »Und den kann jeder sehen!«

Zum Gestiefelten Kater sagte Martha: »Du bist ein echter Kavalier, und deshalb werd' ich dir dein Gesicht mit einer echten Augenbinde flicken, so wie sie manch ein Kavalier nach einem erfolgreichen Duell hat tragen müssen. Das ist ein klarer Beweis, was für ein tollkühner Degenfechter du bist.«

»Einverstanden«, antwortete der Gestiefelte Kater, »aber könnte ich auch gewaschen werden und meine zerrissene Hose geflickt bekommen? Und könnte mein Hut gereinigt und wieder in eine anständige Form gebracht werden?«

»Aber selbstverständlich, wird alles erledigt«, versprach Martha, »nur nicht heute nacht. Jetzt werden nur die schlimmsten Wunden versorgt, geputzt werdet ihr morgen.«

Sie schnitt ein Stück karierten Stoff zurecht und stickte ihn wie eine Augenklappe auf die Stelle, wo der verlorene Knopf gesessen hatte, und genau in die Mitte des Flickens nähte sie einen grünen Knopf, der die gleiche Farbe wie das gesunde Auge des Katers hatte.

»Mit dem Knopf wirst du genauso gut wie mit deinem Glasauge sehen können«, erklärte sie, »aber es wirkt wirklich umwerfend.«

Der Gestiefelte Kater musterte sich ebenfalls in dem Spiegel, den Viktor hielt, und sagte beeindruckt: »Umwerfend, was? Schau mal, Einstein. Sieh dir das doch an, Hupf. Gibt mir das nicht genau den richtigen Pfiff? Jeder, der einen Kater mit so einem Auge sieht, wird doch sicher denken: Aha, hier kommt ein berühmter Kater! Er hat große Abenteuer bestanden! Er hat große Taten vollbracht, er ist der Kater aller Kater, und keiner kann ihn bezwingen. Die Damen werden in Ohnmacht sinken, und die kleinen Katzenkinder werden in Ehrfurcht erstarren vor einem Gestiefelten Kater mit so einer Augenklappe!«

Einstein schaute weiter zu, wie Martha die abgesengten Haare des Alten abtrennte, und er mußte unwillkürlich kichern, als sie ihm statt dessen eine neue Mähne aus einem Stück orangerotem federleichtem und puscheligem Perlonpelz anheftete.

»Du brauchst ein bißchen Farbe im Haar, das macht dich munterer«, erklärte sie dem Gelehrten.

»Ich bin wieder jung!« sagte der Alte, während er sich im Spiegel betrachtete. »Vielleicht nicht mehr ganz so würdevoll, aber jünger auf jeden Fall.«

Nach Amos hatte Einstein die schrecklichsten Wunden, und als sich Martha ihm zuwandte, war er neugierig, was ihr wohl für ihn eingefallen sein mochte.

Für den neuen Rüssel wählte Martha ein Stück blau- und weißgestreiften Stoff aus. Sie nähte daraus einen Schlauch, stopfte ihn fest mit Watte aus und nähte ihn an seinem Gesicht fest.

»Und wie wär's mit roten Punkten auf Weiß für das Ohr?« fragte sie. »Wenn du so einen Rüssel und so ein Ohr hast, wird jeder auf den ersten Blick erkennen, daß du kein gewöhnlicher kleiner Elefant bist, sondern etwas ganz Besonderes.«

Hupf ließ sich den Handspiegel von Viktor geben und hielt ihn Einstein so hin, daß er seinen Ringelrüssel sehen konnte, während Martha sein neues buntes Ohr entwarf. »Hmmm«, machte Einstein, »gar nicht schlecht. Mit diesem Aussehen werd' ich freilich nie in eine echte Elefantenhorde in der Steppe passen.«

»Aber das Kind, das dich bekommt, wird dich dafür um so mehr lieben«, sagte Martha.

»Dann ist es genau richtig für mich«, erwiderte Einstein. Martha nähte ihm das neue Ohr an. Einstein wedelte damit und stellte fest, daß er das gepunktete Ohr genauso gut wie den neuen Ringelrüssel bewegen konnte.

»Ihr wart wirklich alle Helden«, stellte Martha fest, »und die Flicken sind eure Orden.«

Sie umarmte einen nach dem anderen, und Einstein hatte sich noch nie in seinem Leben so wohl gefühlt wie in ihren Armen.

»Aber jetzt kommt Amos an die Reihe«, sagte Karamel, »er ist der größte Held von uns allen. Hilf bitte Amos, Martha.«

»Ich will es versuchen«, sagte sie zögernd, »aber dafür brauche ich Zeit.«

Während sich Martha mit Liebe und Geschick an die Arbeit machte, um den Bären zu retten, bummelten der Gestiefelte Kater und Einstein durch den behaglichen Spielzeugladen, betrachteten alles eingehend und versuchten, nicht an die große Operation zu denken, die jetzt im Hinterzimmer durchgeführt wurde. Sie stießen dabei auf einen schön geschnitzten Glasschrank, in dem lauter alte Puppen ausgestellt waren, die Martha Miller restauriert hatte.

»Karamel hat schon recht«, bemerkte Einstein.

»Womit?« fragte der Gestiefelte Kater.

»Mit allem«, erwiderte Einstein, »aber vor allem damit, wie ungerecht es ist, daß die anderen Spielsachen niemals erfahren können, wie das wahre Leben ist. Kannst du dich noch daran erinnern, was Karamel im Kaufhaus gesagt hat, als sie all diese gewöhnlichen ausgestopften Spielzeugtiere gesehen hat? Ungerecht. Und das stimmt wirklich. Denn diese Puppen und Spielsachen, auch die, die nicht leben, machen Kindern Freude, und ich finde, da hätten sie auch selbst ein bißchen Spaß verdient.«

»Vielleicht sind sie aber doch auf eine gewisse Art und Weise lebendig«, sagte der Gestiefelte Kater nachdenklich. »Wenn ein Kind nun glaubt, daß seine Puppe lebt, und wenn es das wirklich glaubt, wer kann denn behaupten, das wäre nicht wahr?«

Während sie schweigend dastanden und die Puppen und Tiere im Glasschrank betrachteten, kam Hupf in mächtigen Sätzen angesprungen. Er blieb wie erstarrt neben seinen Freunden stehen und schaute ebenfalls auf die Spielsachen. »Die kriegen nie eine Seele, oder?« fragte er.

»Das wissen wir nicht.«

»Also ich«, sagte Hupf plötzlich, »ich glaube, wir kommen alle miteinander dorthin, wo auch unsere Menschenkinder später hinkommen. Wenn Gott die Welt geschaffen hat, dann muß er auch gerne spielen.«

Die drei schwiegen. Und erst nach einer Weile fiel Hupf wieder ein, weswegen er Einstein und den Gestiefelten Kater gesucht hatte. Martha war fast fertig mit Amos. »Sie hat seinen Bauch frisch gestopft und näht ihn jetzt nur noch zu.«

Sie liefen in die Werkstatt zurück, und Viktor hob sie auf den Arbeitstisch hinauf. Dann verfolgten die lebendigen Zaubertiere gespannt, wie Martha Miller die Reparaturen an ihrem Freund und Anführer vollendete.

Amos' blauer Pullover mit dem Alpha- und Omega-Zeichen und der darunterliegende Bärenbalg waren an mehreren Stellen zerschnitten. Martha hatte die Wunden mit kunterbunten Stoffresten geflickt, rot, grün und gelb, so daß auch der Bär zu seinen Orden gekommen war.

Nach den letzten Stichen vernähte sie den Faden und schnitt ihn ab.

Amos rührte sich nicht. Seine Augen blieben starr und seine Glieder ohne Leben.

»Amos«, flehte Karamel, »sprich doch zu uns.«

»Setz dich hin und grinse über dein ganzes Plüschgesicht«, flüsterte Hupf.

»Ach bitte«, sagte Einstein, »setz dich hin und sag jawollja!«

Aber Amos zeigte keinen Funken Leben. Unter

dem Körper des Braunen lagen ein Bleistiftstummel und ein Zettel, auf dem einige Verszeichen standen.

Einstein überflog diese Zeilen, krank vor Kummer, und sagte erstaunt: »Aber ... das klingt ja ganz wie von Adam Riese.«

»Ich hab' den Bleistift und den Zettel in seiner Pullovertasche gefunden«, sagte Martha Miller. »Wer ist Adam Riese?«

Einstein warf seinen Freunden einen bedeutungsvollen Blick zu, und nur Karamel hatte schließlich den Mut, das auszusprechen, was ihnen plötzlich allen klargeworden war. »Adam Riese hat es nie gegeben«, antworteten sie. »Amos hat alle Gedichte selbst geschrieben, und wir haben das nicht begriffen. Wir haben uns über die Gedichte des armen Amos immer nur lustig gemacht.«

»Aber jetzt«, sagte Hupf mit schmerzerstickter Stimme, »würd' ich alles drum geben, daß ich wieder hören könnte, wie er ein Gedicht von Adam Riese aufsagt.«

»Alles«, wiederholte der Alte kummervoll.

»Ich könnt' mich in Grund und Boden schämen«, sagte Einstein, »wie wir diese Gedichte durch den Kakao gezogen haben.«

»Manchmal«, bemerkte der Gestiefelte Kater, »kann man jemanden ganz ohne Absicht verletzen, nur weil man sich nicht die Zeit zum Denken nimmt.«

Einen Augenblick schwiegen sie. Dann schluchzten sie wieder leise um ihren verlorenen Freund. Einstein sah, daß Martha Miller wieder weinte und auch Viktor die Tränen in den Augen standen. Er legte Martha den Arm um die Schulter, und sie lehnte den Kopf an die seine. Sie sagte: »Mir scheint, wenn er nicht weiterleben soll, dann kann ihn auch meine neue Zauberkraft nicht zu euch zurückholen.«

Sie standen lange und stumm neben dem leblosen Körper von Amos und starrten ihn an, bis Einstein merkte, daß Karamel an ihrer frisch geflickten Pfote kaute und die feinen Stiche wieder aufbiß.

Martha Miller fiel es ebenfalls auf. »Karamel, was machst du denn da?«

»Ich hab' gedacht ... Vielleicht ... Wenn ich Amos ein Stück von mir selbst gebe ...«

»Was meinst du damit?« fragte Martha.

»Vater Isaak hat Amos mit Zauberstoff gefüllt. Jetzt aber hat er eine normale Füllung bekommen«, sagte Karamel. »Vielleicht ist das der Grund, warum er nicht wieder lebendig wird.«

»Aber ich habe die neue Füllung doch selbst hineingetan«, antwortete Martha, »und die Zauberkraft ist auf mich übergegangen, deshalb müßte die Watte, die ich benutze, doch auch verzaubert sein – oder?«

»Das gilt sicher für die neuen Spielsachen, die Sie machen werden«, sagte der Alte, »das wird sie bestimmt mit Leben erfüllen. Aber vielleicht wirkt der Zauber nicht bei alten Spielsachen, wie wir sind, weil wir von einem anderen Spielzeugzauberer stammen. Vielleicht ist das wirklich der einzige Weg, wie wir Amos wieder lebendig machen können, vielleicht muß ihm jeder von uns etwas von seiner Fülle geben – wie eine Blutübertragung.«

Karamel murmelte: »Ja, denn wir lieben ihn, und Liebe und Freundschaft sind die größten Zauber.«

Ohne ein weiteres Wort halfen Martha Miller und Viktor Liebmann den fünf lebendigen Zaubertieren, ihre Stoffhüllen aufzuschneiden. Dann zupften Karamel, der Alte, Hupf, der Gestiefelte Kater und Einstein kleine Flocken aus ihrem Inneren und schoben sie in einen Schlitz, den Martha in den Bärenbauch geschnitten hatte.

Amos bewegte sich immer noch nicht.

Einstein wünschte mit aller Kraft, daß Amos zu ihnen zurückkäme. Er wünschte das so fest, daß sich seine Ohren kräuselten und sich sein neuer Ringelrüssel aufzurollen begann.

Amos bewegte sich nicht.

Karamel gab ihm noch etwas von sich selbst, und alle befolgten ihr Beispiel, der Gestiefelte Kater und Einstein, Hupf und der Alte.

In der Werkstatt war es still.

Amos klapperte mit den Augen. Er gähnte. Er hob den Kopf und schaute sich in der Werkstatt um. Er fragte: »War das mein Winterschlaf?«

Alle lachten, erleichtert und aus ganzem Herzen. Martha Miller lachte und weinte durcheinander, und Viktor sagte: »Was für eine wunderbare Nacht!«

Martha Miller hatte die Schnitte in den Bäuchen der Zaubertiere wieder zugenäht, und jetzt stand Amos inmitten seiner Kameraden auf dem Arbeitstisch. Nachdem er jeden Freund ein paarmal kräftig umarmt hatte, sagte er ergriffen: »Dieser Augenblick erinnert mich an ein Gedicht von Adam Riese.«

»Das wollen wir hören!« rief Hupf.

»Unbedingt!« sagte Einstein.

»Adam Riese ist unser Lieblingsdichter«, sagte der Alte, und Karamel und der Gestiefelte Kater stimmten zu.

Verwundert schaute Amos sie an und fragte: »Ach, wirklich?«

»Absolut«, entgegnete der Gestiefelte Kater, »unser allerliebster Lieblingsdichter. Über den geht uns nichts.«

»Darauf kannste dich verlassen«, rief Hupf.

Amos grinste und sagte: »Dann wird euch dieses Gedicht ganz besonders gefallen. Ich halte es für eins seiner besten.«

Er stellte sich mitten auf dem Arbeitstisch in Positur, nahm die Schultern zurück, wölbte die Brust heraus, hob den Kopf und sagte das folgende Gedicht auf:

»Fische haben's gerne naß,
und Kühe fressen lieber Gras.
Schöne Röcke kleiden wohl,
Termiten nagen Bäume hohl.
Mancher schätzt nur Gold und Geld,
dem Blumenfreund der Phlox gefällt.
Jeder hat was andres gern
und hegt es wie den Augenstern.
Doch mir kann mehr als andre Sachen
nur treue Freundschaft Freude machen.«

»Aua, Aua, Augenstern!« spottete Hupf.

Da zog ihm Einstein mit seinem neuen Ringelrüssel eins über den Schädel.

»Aua, aua, wunderbar«, stotterte Hupf, »geistreich! Fabelhaft!«

»Bravo«, trompete Einstein.

Alle Zaubertiere applaudierten, ebenso Viktor Liebmann und Martha Miller.

»Also so was«, sagte Amos, »aber wenn es euch wirklich gefällt, ich kann noch eins, das ist auch sehr gut.«

»O nein, nicht zwei auf einmal!« rief der Gestiefelte Kater.

»Nein, nein, du mußt uns Zeit gönnen, das erste voll und ganz zu genießen.«

»Vollkommen richtig«, fiel der Alte hastig ein, »gib uns ein oder zwei Tage, über das erste Gedicht nachzudenken, Amos. Wir brauchen Zeit, um es in uns aufzunehmen, es richtig zu erfassen und uns mit jeder Einzelheit zu beschäftigen.«

»Ja, ein bis zwei Tage«, sagte Einstein, »vielleicht sogar drei oder vier Tage.«

»Vielleicht einen Monat!« rief Hupf. »Vielleicht brauchen wir einen ganzen Monat, um dieses erste Gedicht voll und ganz zu verdauen.«

»So gut habt ihr es gefunden?« fragte Amos.

»Ein ganz einmaliges Kunstwerk«, antwortete Hupf.

»Es war . . . so wie kein anderes«, sagte Karamel.

»Für das, was es war, war es das wirklich sehr«, bestätigte Einstein.

»Wir wären dir sehr verbunden«, sagte der Gestiefelte Kater, »wenn du uns genug Zeit ließest, angemessen darüber nachzudenken, Amos.«

Amos grinste und nickte. »Jawollja.«

Jetzt ergriff Martha Miller das Wort und sagte: »Ich muß euch auch noch etwas mitteilen. Als ich gespürt habe, wie die Zauberkraft auf mich überging, da hab' ich plötzlich alles über euch gewußt, ich kenne eure Herkunft und eure Geschichte, und ich weiß, was mit einem Zaubertier geschieht, wenn es wieder ein einfaches Spieltier wird, weil es von seinem Menschenkind nicht mehr gebraucht wird. Und wenn ihr es wirklich wissen wollt, so kann ich euch das sagen.«

Die sechs Zaubertiere starrten sie fassungslos an, und dann redeten sie alle durcheinander. Ja, ja, sie wollten natürlich wissen, ob sie zu einem Kind kämen, was danach auf sie wartete, ob sie einander noch einmal wiedersehen würden, ja, und ob sie das wissen wollten, sie zersprängen fast vor Neugier.

»Ich möchte das auch gerne wissen«, sagte Viktor, »hoffentlich ist es etwas Gutes. Das hätten sie wirklich verdient.«

Martha Miller sagte, während sie langsam von einem kleinen Gesicht zum anderen blickte: »Ihr alle, selbst der Alte, werdet verkauft und einem Kind geschenkt werden, das dringend einen heimlichen Freund braucht. Und jedem von euch wird es gelingen, seinem Kind zu helfen. Und dann, wenn euer Menschenkind eure Freundschaft und euren Rat nicht mehr braucht, werdet ihr verwandelt werden, schlüpft aus Plüsch und Cord und Wolle und seid ein lebendiges Tier.«

»Ein echtes lebendiges Tier!« flüsterte Einstein heiser vor Erregung. »Bedeutet das, ich werde ein echter Elefant?«

»Ja. Du wirst durch die Steppe stampfen. Du wirst eine Herde anführen. Du wirst erfahren, wie köstlich kühles Wasser schmeckt und grünes frisches Gras. Du wirst Kinder aufziehen, und du wirst immer wieder die Schönheit der afrikanischen Morgen- und Abendröte sehen.«

»Und ich werde ein wirklicher Bär werden?« fragte Amos ungläubig.

Martha Miller nickte. »Es wird dir vergönnt sein, durch endlose grüne Bergwälder zu traben und Beeren vom Busch zu pflücken. Du wirst die tiefe, tiefe Ruhe des Winterschlafes genießen und das faule fröhliche Erwachen im Frühling.«

»Oh, das klingt wie ein Gedicht!« rief Amos.

»Du wirst ein großartiger Bär werden«, sagte Viktor Liebmann und rieb sich die letzte Träne der Rührung aus den Augen.

»Und ich werde ein echtes Karnickel?« fragte Hupf.

»Ja. Du wirst endlich wissen, was Geschwindigkeit ist, denn du wirst noch schneller rennen können als jetzt. Du wirst den Wind in deinem Fell spüren und die weiche saftige Ackererde unter deinen Pfoten. Du wirst die Wärme und die Behaglichkeit deines Kaninchenbaus genießen, und du wirst den Duft und Wohlgeschmack der Blumen und Kräuter um dich herum schnuppern.«

»Hört sich fast besser an als 'ne Revue in Las Vegas«, stellte Hupf nachdenklich fest.

»Es ist auch viel besser«, versicherte ihm Martha Miller.

»Und ich . . . ich werde eine echte Katze?« fragte der Gestiefelte Kater.

»Ja. Nichts als geschmeidige Muskeln und glänzendes Fell. Du wirst klettern und springen und die Welt nach Herzenslust erkunden. Die ganze Nacht wird dir gehören, denn mit deinen Katzenaugen wirst du jeden Schatten durchdringen können.«

»Und ich?« fragte Karamel verlegen.

»Ach, meine Goldene«, sagte Martha, »du wirst der heißgeliebte Hund einer Menschenfamilie sein, und es wird kein Tag deines Lebens vergehen, an dem sie dir nicht ihre Zuneigung zeigen. Es wird dir behagen, zu Füßen deines Herrn zu sitzen, weil du weißt, wie er dich schätzt und achtet. Du wirst auch Junge werfen, und dann kannst du zeigen, was du für eine gute Mutter bist.«

Wenn Karamels große bemalte Glasaugen Tränen hätten hervorbringen können, so wären sie ihr jetzt übers Gesicht geströmt.

»Und ich?« fragte der Alte. »Was werde ich für ein Tier sein? Ich habe gehört, ich sei nach dem Vorbild eines Tieres entstanden, das in fernster Vorzeit existierte, aber seit Tausenden von Jahren ausgestorben ist. Wie kann ich denn so etwas werden?«

Martha lächelte und verstrubbelte dem alten Gelehrten die neuen feinen, orangeroten Haare. »Du kannst wählen, was für ein Tier du werden willst. Löwe, Panther, Vogel, Walfisch, was dir am liebsten ist.«

»Aber natürlich«, rief Einstein, »wirst du ein Elefant werden wollen.«

Der Alte rieb sich nachdenklich mit dem Zeigefinger die lange Schnauze. »Darüber wird man eingehend und gründlich nachdenken müssen. So viele Möglichkeiten . . .«

»Mal dir nur alles aus«, sagte Einstein, »aber zum Schluß wirst du doch ein Elefant werden wollen. Ich seh' dich dann in der Steppe.«

Amos beugte sich vor und blinzelte Martha Miller an. »Also, ich möchte ja nicht undankbar sein, ich bin wirklich froh und erleichtert, daß ich jetzt weiß, wie es nach unserem Zauberleben weitergeht, aber ich zerbrech' mir nun den Kopf . . . Also was passiert denn, wenn wir als wirkliche Tiere sterben?«

»Dann werdet ihr wieder Spielzeugtiere, aber nicht hier auf Erden«, sagte Martha Miller und versank dann in Schweigen.

»Sondern wo?« fragte Amos nach einer Weile.

»Wer weiß«, antwortete Martha Miller leise, »wenn Gott euch geschaffen hat, dann wird er euch auch gerne um sich haben.«

»Siehste!« rief Hupf, »ich hab's doch gewußt!«

Später, kurz vor der Morgendämmerung, verwandelte sich der Eisregen in Schnee. Martha Miller, Viktor Liebmann, Amos, Einstein, der Gestiefelte Kater, der Alte, Hupf und Karamel standen hinter dem Schaufenster und sahen zu, wie die Schneeflocken die schmutzige Stadt in eine reine, weiße Märchenlandschaft verwandelten. Die Nacht lag hinter ihnen, und jetzt war alles frisch und neu. »Keiner muß Angst vor dem Ende haben«, sagte Amos, »weil es gar keins gibt. Kein Ende, sondern immer wieder ein neuer Anfang. Ist es nicht eine wunderbare Welt? Ist es nicht ein wunderbares Leben?«